El camino a
Tamazunchale

Bilingual Press/Editorial Bilingüe

General Editor
Gary D. Keller

Managing Editor
Karen S. Van Hooft

Associate Editors
Barbara H. Firoozye
Thea S. Kuticka

Assistant Editor
Linda St. George Thurston

Editorial Board
Juan Goytisolo
Francisco Jiménez
Mario Vargas Llosa

Address:
Bilingual Press
Hispanic Research Center
Arizona State University
P.O. Box 872702
Tempe, Arizona 85287-2702
(480) 965-3867

El camino a Tamazunchale

Ron Arias

Traducción de
Ricardo Aguilar Melantzón y Beth Pollack

BILINGUAL PRESS/EDITORIAL BILINGÜE
Tempe, Arizona

Library of Congress Cataloging-in-Publication Data

Arias, Ron, 1941–
    [Road to Tamazunchale. Spanish]
    El camino a Tamazunchale / Ron Arias ; traducción por Ricardo Aguilar y Beth Pollack.
        p. cm.
    ISBN 1-931010-06-4 (alk. paper)
        1. Mexican Americans—Fiction. 2. Near-death experiences—Fiction. 3. Los Angeles
(Calif.)—Fiction. 4. Terminally ill—Fiction. 5. Aged men—Fiction. I. Title.

PS3551.R427 R618 2002
813'.54—dc21

2002071742

PRINTED IN THE UNITED STATES OF AMERICA

Cover and interior design: Aerocraft Charter Art Service

Acknowledgment
The translators wish to thank Dr. René Casillas, Dean of the College of Liberal Arts and Sciences at New Mexico State University, for his support of their work.

"Y así, se querían tornar. Pero los dos que debían ser más animosos o curiosos determinaron de ver el cabo y misterio de tan admirable y espantoso fuego . . . Y así, . . . subieron allá por medio de la ceniza y llegaron a lo postrero por debajo de un espeso humo."

Historia de la conquista de México
Francisco López de Gómara
(Biblioteca Ayacucho)

"¿Conque he de irme, cual flores que fenecen?
¿Nada será mi nombre alguna vez?
¿Nada dejaré en pos de mí en la tierra?
¡Al menos flores, al menos cantos! . . ."

Cantos de Huexotzinco
(Concurso de poetas en casa de Tecayehuatzin)

uno

Fausto levantó el brazo izquierdo y se miró los manchones morados. El hígado. Son a causa del hígado. Jaló el más grande, el más cercano a la muñeca. Con las yemas de los dedos levantó una bolsita de piel como si fuera una carpita arrugada. Jaló más fuerte, esperando que se rompiera el tejido. La piel se puso tirante desde el codo. Lentamente empezó a desgarrarse, pelándose desde el músculo sin sangrar. La operación sería limpia, como quitarse una media de nilón. Siempre se le había hecho difícil despellejar pollos pero sabía que esto sería más fácil.

Se le juntó en los nudillos, por arriba de las uñas. Con cuidado, jaló cada yema como si fuera un guante. Lo demás fue fácil, y pronto su cuerpo yacía resplandeciente bajo la tenue luz de la lámpara.

Un terco cachito de piel se le quedó bajo el dedo chiquito del pie. Pero ¿qué importa un dedito? Ella no se va a fijar en el dedito.

Fausto dobló con esmero su ligerísimo traje en la palma descarnada de una mano, cerró los párpados pelados y esperó a su sobrina.

—Tío, ¿ya despertaste? —Carmela se inclinó sobre la cama.

—¿Que no ves? —Fausto extendió la mano para mostrarle la bolita de piel que cayó al suelo.

—¿Quieres más Kleenex? —preguntó y le acercó la caja.

Fausto echó las piernas sobre el borde de la cama, se agachó y recogió la piel. Parece que está ciega, ni se dio cuenta. Desplegó el tejido seco, estirándolo metódicamente sobre la colcha. Extendió las piernas y los brazos. Tosió, y la piel salió volando de la cama. Tal vez ella no la haya visto porque está demasiado oscuro. Pero, ¿y mi cara? Pelona . . . huesuda. Luego le voy a dar el corazón y ella me dirá, ¿qué es esto? Tío, no estés jugando. Póntelo otra vez. Carmela esperó a que su tío se metiera de nuevo entre sábanas y cobijas. Siempre esperaba lo peor o, cuando menos, encontrárselo inerme en el suelo tumbado de una trombosis o de un hueso roto. Ya iban dos veces que lo habían internado en el hospital después de un ataque de corazón. Lo había visto después, forzándose para hablar, con un suero en el brazo y otro tubo por la nariz. Desde entonces había tomado pastillas para el dolor de pecho. Siguió fumando.

—Te dejo el desayuno en la mesa de la cocina.

—¿No te vas a quedar?

—Pienso hacer unas compras antes de irme al trabajo. No tienes más que unos platitos de sobras en el refrigerador. La ternera asada que te traje ya estaba pasada, también la calabacita.

—Mijita, ¿me compras más cigarros? El dinero está en la mesa.

—Ay, por favor. Quédate con tu dinero.

En la puerta Carmela volteó y se fijó en los ojos afiebrados que plenamente abiertos resplandecían en la débil luz.

Fausto se quedó acostado sin moverse, escuchando el lejano ruido de la carretera. Oyó que la puerta se cerraba de golpe y descansó. Lentamente se puso de pie y se arrastró a la ventana para mirar por la oxidada tela de alambre al otro lado del río hasta las vías del tren. Más esmog. Seis años se había arrastrado a la ventana, al baño, a la cocina, por todos los cuartos sombríos, descansando, escuchando la radio, leyendo, adelgazando, impaciente, esperando el final. Hace seis años que ella lo convenció de que se jubilara.

—Un día de éstos tendrás que parar. No puedes seguir así para siempre. —Y esa misma noche lo vio regresar a casa en la oscuridad, subir las escaleras de la veranda con dificultad, mientras arrastraba el maletín con el brazo.

Fausto se sentó en el sillón mirando a su sobrina en un ensueño. No había vendido ni un libro en dos semanas. No como en sus mejores días cuando se paseaba por el Eastside, desde Five

Points hasta Bell Gardens como quien camina sobre oro. En una tarde podía vender tres o cuatro diccionarios, el primer libro de un *Tesoro de la juventud* de dieciocho tomos, y al menos media docena de recetarios en español o en inglés.

—Bien —dijo Fausto.

—¿Que qué?

—Ya no voy a trabajar.

—¿Te vas a quedar en casa?

—Sí.

Ahora, años después, sentía como si los músculos por fin se le agusanaran, los pulmones se le estuvieran convirtiendo en hojas secas y los huesos se le petrificaran. De repente, el espantoso pavor de morirse se apoderó de su mente, sentía comezón en los sesos y temblaba como niño desnudo en la nieve. —¡No!, —gritó—. ¡No me puede ocurrir, no me va a pasar! Mientras respire, jamás pasará . . .

En silencio, el viejo esperaba atento escuchar la canción de la vida. Acurrucada en la oscuridad, en algún lugar apartado fuera de la casa, lo llamaba con la delicada y suave música de una flauta. Luego no oyó más.

dos

Saldría inmediatamente. Pensó en ceñirse la rodela pero consideró que molestaría más que ayudar. Además, apenas podía levantar la espada. ¿Qué iba a hacer con la rodela? Tal vez debiera dejar las dos. Pero, ¿para qué preocuparse ahora? Estos pormenores los podría decidir en el Perú.

Antes de vestirse se lavó en el baño. Puro indio, pensó, al mirar la cara lampiña del espejo. Eres más indio que un tarahumara, le decía su esposa. Se secó la cara, la mojó de loción y luego se emparejó las patillas con las tijeras de las uñas. La cara permaneció suspendida en el espejo un rato más.

Juntó la ropa en la recámara. Estaban corridas las cortinas, la persiana levantada, como las había dejado Carmela. Pronto metió los brazos en las mangas del saco del smoking que ya estaba gastado de los codos hasta el forro, se acomodó el pañuelo en el cuello y se puso unos pantalones caqui sin raya. Las chanclas le azotaban los talones desnudos mientras se apuraba para llegar a la escalinata.

No se aguantaba la expectación. ¿Le mandaría un mensaje al Virrey? Seguramente la noticia de su llegada animaría a la guarnición de El Cusco. El Cusco, ombligo del mundo, el mismo alma de la grandeza y el poder incaicos. El Cusco. Saboreó de nuevo la palabra y se equilibró con el pasamanos. Tal vez debería subir por tierra en vez de hacerlo por avión. Era más seguro y así podría reconocer el terreno. Sí, por tierra, quizá por autobús. Nunca fue el más diestro de los jinetes.

La agitación se le trepó al cuello, y de pronto ya había hundido los dedos en la alfombra. En la cocina, el periquillo mudo rajó una semilla y casi habló y de afuera de la casa se oyó el rechinido de ruedas de tren de los carros de carga que llegaban al patio.

Fausto pasó volando por Lima y tomó el primer camión rumbo a las montañas. Exceptuando el esmog o la llovizna, casi ni había vislumbrado la ciudad, no estaba seguro. Aquí y allá había divisado una iglesia, una plaza, la efigie de comida en la ventana, pero pasó casi todo el trayecto dormido queriendo sobrevivir el polvoriento y sacudido viaje a la sierra.

En cuanto llegó a Huancayo, se fumó el último cigarro americano. Desesperado registró las calles, a los vendedores que se acercaban, entró a las tiendas y rastreó el mercado pero nada. Por fin, el mercado negro surgió disfrazado de un pequeño mestizo de traje raído y arrugado. Aunque Fausto no hablaba perfecto español, notó que el tipo se expresaba medio mocho pero al grano.

El extraño lo llevó por una puerta chaparra a un cuarto que parecía cueva. A lo largo de las paredes encaladas unas figuras oscuras, casi todas encorvadas sobre las mesas, apenas se percataron de ellos. El aire olía a sebo rancio y chicha tibia. Fausto esperó en el patio mientras que el hombre subió una escalinata y desapareció en uno de los cuartos que se situaban sobre el restaurante. El extraño regresó con su merca envuelta en un papel café, peló los dientes al recibir su dinero y se largó. Fausto arrancó el papel, faltaba una cajetilla. Su primer revés.

Antes de dejar Huancayo compuso para el virrey un reporte elegante y detallado. Numerosas infracciones al reglamento de costumbres y comercio por elementos autóctonos bien organizados . . . encaminados a subvertir la autoridad. Luego, algunas pistas a propósito del paradero del cabecilla. Fausto ni mencionó el castigo; hasta pensar en la sangre lo enfermaba.

Camino a El Cusco le sobrevino un ataque de diarrea que por poco le obliga a suspender el viaje. Se retorció en el asiento durante horas, doblándose y cerrando los puños. En una ocasión le rogó al chofer que parara. El camino angosto y sin borde se prendía de las piedras que se encontraban sobre un precipicio de dos mil pies hasta el río Apurímac.

El chofer se negó y ordenó al pasajero esperar un poco más. Pero Fausto ya había agotado la paciencia millas atrás. Insistió casi llorando. Mientras tanto, los otros pasajeros estiraban el pescuezo para ver en qué terminaba la alegata.

—¡Pare!

—¡No!

—Pare o lo denuncio a la autoridad.

—Sólo Dios podría parar este camión.

—Y ¿el Arzobispo . . .?

El chofer paró el camión y abrió la puerta. —Un minuto.

—¡Dos!

—Uno . . . y voy contando.

Cauteloso, Fausto puso los pies en tierra, se bajó los pantalones y se sentó en cuclillas. Por entre las piernas podía divisar el hilo luminoso del río muy abajo.

Cuando renqueaba de regreso a su asiento a medio camión, varios pasajeros le sonrieron con simpatía. Debió haber tomado el avión.

Por fin se acercaban a El Cusco y Fausto se apoyó sobre el descanso del asiento de su vecino para echar un vistazo. No, no era como el Valle de México. Tenochtitlán era sublime, como que más grandiosa. El Cusco semejaba una pétrea masa gris asentada sobre una ladera. Pero por debajo de la ciudad, a lo largo de la carretera, podía ver reverdecidos los maizales, trigales, los campos crecidos de papa y cebada. Las familias indígenas sentadas en cuclillas frente a sus puertas miraban el camión pasar al trote entre remolinos de polvo.

Cuando el chofer no quiso parar, Fausto hizo caso omiso y se bajó de aquella máquina de ruido, peste a orín y cuerpos mugrosos. Entonces el polvo amainó, respiró hondo y siguió adelante. Al apartarse del camino, batalló para olvidarse de las señales fastidiosas del paso del tiempo. Los postes del teléfono que bordeaban la vía no querían esfumarse y un rótulo de Cerveza Cusqueña permanecía en la distancia.

Pero Fausto había determinado hacer una entrada majestuosa a la ciudad, montado, encabezando un ejército de infantería, arcabuceros y lanceros. Ordenó en voz alta que el flanco derecho tomara la delantera y se desparramara por los campos. —¡Cuidado con el maíz! —les gritó—. ¡Y no maltraten a nadie! Tiene que ser una entrada pacífica.

Detrás de un grupo de chozas, unos campesinos agarraron a sus hijos y se metieron corriendo a sus casas. Los pollos se esparcieron y los perros enroscaron la cola al estruendo de los cascos de los caballos.

Pero cuando el comandante se arrimaba al nuevo aeropuerto del lado sur de la ciudad, dio un respingo. Debería estar por el *norte*. ¿Qué decía el mapa . . . ? Lo había dejado en el camión. El aire enrarecido lo había cansado y Fausto empezó a resollar. Volteó la cara hacia el opulento y limpio cielo. Mareado y renuente ordenó al ejército continuar sin él.

Luego cruzó la pista de cemento, atravesó despacio la nueva terminal y le hizo señas a un taxi. —Un buen hotel —le dijo al chofer—. Que sea limpio.

Después de la siesta, Fausto reposó entre las sábanas almidonadas. Contempló las fuertes vigas y las baldosas pulidas y el portón con bisagras de fierro. Se levantó de la cama. Tentó las paredes blancas y lisas y el oscuro crucifijo labrado a mano. Meses de trabajo, de avezada destreza ibérica. Su desvarío lo llevó al balcón donde abrió de golpe los postigos calados. Abajo, en la plaza vacía, una llama de ojos soñadores echó una mirada a la curiosa figura en pijamas.

Después, dos chamaquitos indígenas lo ayudaron a bañarse. Luego le cortaron el cabello y las uñas de las manos y los pies. Finalmente lo vistieron. El sedoso susurro de los puños de encaje le recordaron la mejor mantilla de Carmela. Parecía que el Virrey no había escatimado detalle para su recibimiento. Acicalado de perfume y talco salió Fausto a la comida del mediodía. Pidió dos huevos tibios, un plato de requesón, un filete de ternera y tres sabores de nieve.

—Y además, camarero —agregó Fausto— dígale a su excelencia que mucho le agradezco sus atenciones.

—Todavía falta lo mejor —le dijo el joven guiñándole un ojo.

—¿Y eso qué será?

—No puedo decírselo . . . ya verá.

Durante la comida Fausto empezó a comer ansias. ¿Qué le iría a suceder? ¿Lo estarían engordando como marrano para matarlo? Peor aún, ¿cómo iba a explicarle su misión al Virrey si él mismo no sabía cuál era? ¿La de un guerrero? Fausto se rió de nervios y apartó el filete. No poseía armas ni ejército. ¿Quién iba a creerle? Por otra parte . . . podría hacerse el peregrino . . . Pero ¿adónde iba? ¿A qué santuario? ¿Quizá un cortesano? ¿Un mercader? ¿Un emisario de Panamá? No, ninguno funcionaría. Pero la verdad era aún más endeble.

Fausto abandonó la mesa de repente y se apresuró hacia el ascensor. Temía que esto le fuera a suceder. Un hombre no anda de caminante sin tener motivo.

En su cuarto lo esperaba Carmela. De golpe su belleza lo dejó mudo. Estaba sentada en el borde de la cama, de espaldas a la luz de la tarde, su pelo largo y negro extendido sobre los hombros.

—Mijita —tartamudeó Fausto— ¿qué haces aquí? Creí que estabas en el trabajo.

—Sí, estoy. Me dijeron que viniera.

—No entiendo . . . Tú no trabajas aquí.

—Mire, vamos a empezar. Es más divertido que hablar o ¿que ya se le olvidó cómo?

Fausto se puso colorado. —¡Carmela!

—Yo no me llamo Carmela. Soy Ana.

—Pero si eres mi sobrina.

—Yo nunca lo había visto a usted. Pero supongo que podría hacerle de Carmela . . . un ratito.

Fausto se estramó el poco pelo que tenía y movió la cabeza.

—Usted no quiere hacer esto, ¿verdad? —dijo Ana secamente.

—No creo, me duele la cabeza.

—Yo sé cómo curarlo, déjeme intentar.

—No, estoy cansado.

Ana se quitó las sandalias, se desabrochó la blusa y comenzó a sacar los brazos.

—Yo sólo quiero acostarme —le dijo Fausto en el momento en que la falda caía por el suelo—, si quieres frótame las sienes.

—Está bien, viejo. Acuéstese y se las froto.

Ella le acomodó la cabeza entre sus piernas, miró al techo y suspiró largamente. Muy pronto, Fausto se quedó dormido con la presión constante de sus manos.

Cuando despertó, Ana iba a su lado sentada en una banca de madera del ferrocarril. Fausto entrecerró los ojos al ver la luz. Por la ventana divisaba una manada de vacas lecheras a la sombra de un eucalipto solitario

—¿Qué es esto? —preguntó él.

—Un tren.

—Digo, ¿dónde estoy? ¿A dónde vamos?

—Se ve que no está a gusto en El Cusco, hasta lo dijo dormido. El viaje no es muy tardado y creo que le va a gustar.

—¿Es esto cosa del Virrey?

—No, es mía. Lo llevo a donde pocos hombres han ido.

—¿Y eso dónde está?

—Allá, tras las nubes.

A lo lejos, sobre unas nubes dispersas, Fausto distinguía el gigantesco pico nevado. Volteó hacia Ana y ella le dio unas palmadillas en la mano como queriendo aplacarle el miedo. Llevaba puestas muchas faldas, una blusa de algodón tosco y las gastadas suelas de llanta de sus huaraches estaban enroscadas de la punta.

El tren de vía angosta se retorció cuesta abajo por el desfiladero del río Urubamba. Habían descendido unos ocho mil pies, desde El Cusco, desde la escasa hierba del altiplano hasta la cálida y húmeda exuberancia al borde del Amazonas. En cierta parte, el pequeño tren tardó sólo minutos para adentrarse en el trópico. Veneros de lianas enredadas y hojas anchas y lustrosas se abalanzaban por ambos lados. La vida brotaba entre cada piedra. Al pasar veloz bajo Machu Picchu, Fausto miró los terraplenes tajados en la piedra y por un instante se olvidó de las punzadas que las reumas acometían contra sus extremidades.

Se apearon del tren en una parada donde el barranco se extiende a cultivos calurosos de coca y café. Ana le ayudó a bajar y emprendieron la subida por un reducido valle hacia el oeste.

Fausto luchó contra el cansancio casi toda la tarde. El inmenso verdor de la naturaleza se apiñaba contra el sendero, y él apenas podía seguir caminando. Al cabo de varias horas de marcha penosa detrás de Ana, comenzó a arrepentirse de haber salido de casa. Echaba de menos su sillón, su cama, cenar con el radio de la cocina, sus libros y la compañía de su silencioso periquito.

—Ana, detente.

—¿Otra vez?

—Unos minutitos . . . luego me sentiré mejor.

—A lo mejor no debimos venir.

—Lo he comenzado y voy a terminar —dijo Fausto con ganas de demostrar firmeza.

Ya un poco descansados prosiguieron la caminata. Él tropezó varias veces maldiciendo su suerte. El sendero parecía desvanecerse y ya no veía a Ana. El calor de la selva le apretó el cuello y el pecho. El aire se hizo turbio y él vislumbró una figura imprecisa y quieta. Ésta era su oportunidad. Embestiría al intruso. Si fuera la muerte, empalaría al monstruo hasta la empuñadura. Pero, ¿con qué?, se preguntó débilmente. Extenuado, agitó los brazos hacia la silueta, chocó contra un árbol y cayó derribado.

Ana lo encontró tirado de espaldas, enredado en gruesas lianas y sin forma de librarse.

—Creí que se me había perdido —dijo ella mientras tajaba las lianas a machetazos.

—Creo que me desmayé —dijo Fausto tranquilizado por el roce de sus manos.

—Aquí cerca hay un manantial. Allí puedes descansar.

Avanzaron por la vereda un tramo corto y luego Ana saltó adelante hacia el sonido del agua. Cuando Fausto llegó, la vio chapotear juguetona entre dos cabezas de puma que emitían chorritos de agua cristalina en una pila tallada en la piedra. Una mansa brisa le lanzó pétalos sobre el cuerpo resplandeciente.

Ella señaló el agua con un movimiento de cabeza. Fausto titubeó, luego se acercó y ella lo desvistió tiernamente, animándolo a meterse a la pila que se alimentaba de la nieve derretida, y le sobó la espalda y los hombros. En seguida, éste se durmió a la sombra de un mango sobre pequeños helechos y zacatillo tierno. Ella le estuvo espantando los moscos con una hoja verde de palma y esporádicamente le acariciaba las sienes.

Cuando despertó, ella estaba sentada a su lado y sobre su falda detenía unos frutos silvestres de la lucma. Le friccionó las rodillas otro ratito y entonces le trajo agua para beber.

Ahora iniciarían el tramo más empinado; les llevaría varias horas alcanzar el páramo que quedaba arriba del valle.

Por el camino atravesaron un bosque cubierto de nubes, colmado de arbustos asombrosos de raíces torcidas y tenebrosas hondonadas húmedas rodeadas de tierra fofa. Las ramas nudosas de esos espantosos árboles enanos parecían alargarse hasta la vereda y bloquearla. Ana le comentó que muchos viajeros habían quedado atrapados y que seguían allí convertidos en insectos, murciélagos o hasta piedras.

—No se preocupe —le dijo—. Pronto saldremos.

Fausto la siguió cojeando y al surgir a la penumbra del anochecer, advirtió las chozas diminutas dispersas por las anchas cuestas empinadas. Bajo las gélidas cañadas rondaban alpacas, ovejas y figuras humanas.

Ana le suplicó que se mantuviera de pie. —Tenemos que apurarnos, siento que algo ha sucedido.

—Ya no puedo más, tú vete sola.

—Vamos, papacito. No está lejos.

—Que no puedo.

—¡Tienes que!

Cuando oscureció, Ana lanzó un gritó. Fausto se tambaleó, se apoyó en ella y ambos cayeron. Ella lo dejó. Corrió a alcanzar el largo desfile de antorchas que serpenteaba trepando la montaña hacia la nieve.

Jadeando, se agarró el nudo de lumbre que traía en el pecho y bregó de frente. Clamó una y otra vez. En una ocasión, un muchacho que iba quedándose atrás de la procesión se volteó y le hizo señas con la mano. Durante largo rato Fausto se siguió cayendo, recobraba el aliento y proseguía tambaleándose en explosiones vertiginosas de fuerza de voluntad.

Con el tiempo, trepó hasta la dura nieve, avistó al grupo en la lejanía y se acercó arrastrándose. Los hombres danzaban sobre la blancura espectral de la luz de la luna, sus ponchos giraban en un enorme círculo alrededor de las mujeres, arrodilladas al centro, que remitían sus lamentos a los rocosos riscos de arriba.

Fausto penetró el círculo a gatas y llegó hasta la maltrecha plataforma en donde Ana lo ayudó a acostarse. A su alrededor, los dolientes rasgaban el aire con sus alaridos mientras azotaban la tierra. Fausto estaba demasiado cansado como para rechazar su pena. Sus intenciones son buenas . . . pero ¿por qué yo?

—¿Ana? —susurró Fausto.

—Soy Carmela.

—Sí, Carmela . . . No te vayas.

—Aquí estoy —le contestó y le secó la frente.

A lo lejos, un pastor desconocido tomó su flauta y soltó una larga nota melancólica, luego otra y otra. Fausto sonrió.

—¿La escuchas, mijita?

—Sí, tío.

—Es hermosa . . . No se me ocurre nada más lindo.

tres

Ya está la cena, Tío.

Fausto no contestó. Carmela tamborileaba sobre la mesa con las yemas de los dedos y miraba el requesón.

Subió los escalones, llamó de nuevo y luego entró al cuarto oscuro de puntitas. Las cobijas estaban amontonadas a un lado de la cama. —Tío —susurró— ¿dónde estás? —Prendió la lámpara de la mesita de noche y examinó la cama—. Despierta ya —imploró. Fausto yacía al lado opuesto de la cama, su cabecita tapada con la sábana arrugada. Carmela tocó la forma y lo destapó. Fausto no se movió. Le sacudió la mano lacia y la ceja se meneó un poquito.

—Tío, ¿por qué te estás haciendo el muerto?

Un momento más tarde Fausto abrió los ojos. —Tengo hambre —dijo con voz cansada.

—Me asustaste. No estabas dormido, ¿verdad?

—No, mijita. Creía que estaba muerto. —Fausto se sentó—. Así pasa a veces, sabes, de un día para otro,¡puf! Al otro mundo.

—Bueno, pues baja y come en este mundo. Ya está todo listo. —Le dio su kimono japonés y le puso las chanclas.

—¿Que nevó? —preguntó Fausto cuando se habían sentado a la mesa.

Carmela se rió. —¿Aquí en Los Ángeles?

Excavó la rebanada de melón con la cuchara. —Sí, aquí.

—No, no nevó, Tío . . . tal vez mañana.

17

—Nomás estaba pensando qué ponerme.

—Ya no es hora de salir. Ya es de noche.

—Me gustaría mirar el río . . . encontrar una cascadita . . .

—Lo único que hay allí son vagos y borrachos. Tío, ¿no quieres esperarte al sábado y vamos al parque?

Fausto sorbió el café y recordó la comida de El Cusco. Ni siquiera había probado el helado.

—Ya le había prometido a Jess ir con él al cine hoy en la noche y mañana tengo que trabajar hasta tarde.

—¿Jesús otra vez?

—Jess, Tío. No le gusta ese nombre. —Carmela levantó su plato y caminó al fregadero. Limpió el alpiste regado del escurridero y colocó la esponja andrajosa tras la llave. Ya antes su tío le había cambiado el periódico a la jaula de Tico-Tico. Sus únicos quehaceres eran regar los claveles del lado del porche, darle de comer a su periquito y limpiarle la jaula.

—Entonces te contaré del Perú —dijo Fausto.

—¿Que no te habías ido a Panamá . . . ? No, Tío, hoy no puedo. De veras, ya me tengo que ir.

Fausto estiró el brazo por arriba del radio y echó una mirada entre las cortinas de gasa. —Todavía no llega. Siéntate, niña. Luego sales cuando venga.

—Vamos a ir en mi carro, Tío.

—¿Cómo? ¿Él no pasa por ti? ¿Qué tipo de muchacho es ése?

—Es buena gente, nomás que no tiene carro. Se lo robaron. —Carmela lo besó en la mejilla—. Ah, hice una gelatina pero déjala que se cuaje un poquito.

—¿A qué hora regresas?

—Tarde, así que no me esperes. Ya ves que la sala se enfría mucho. Nos vemos mañana.

Fausto entreabrió de nuevo las cortinas y vio que su sobrina abría la puerta del cerco de estacas y rápidamente se subía al viejo Plymouth que estaba estacionado en la acera. Esperó el pitido y luego se volteó. Había vivido con él y su esposa desde que era una nenita. Evangelina murió cuando Carmela tenía nueve años y Fausto la había tenido que criar solito. Ahora ella lo cuidaba a él. Pero ¿hasta cuándo? Se casaría con ese chavo, Jesús, o con otro y se iría de la casa.

Esa noche Fausto escuchó un disco de tango, de aquellos viejos de setenta y ocho, de voces rasposas, que venían en cubiertas de papel café. Por esta vez le molestó la tristeza de la música y la cambió por la pieza más animada de mariachi de su colección. Así de cansado como andaba, se levantó y bailó levantando los talones alrededor de la mesita de centro. Evangelina estaba sentada a un lado de la televisión y lo miró preocupada —¿Qué le hace? —aclaró Fausto—. Me voy a morir de todos modos.

Se levantó de la silla y se acercó a su esposo, un hombre pequeño y encorvado con una sonrisa boba y lo perdonó con un besito. Luego la escuchó decir, ahora vete a la cama.

Fausto subió al baño, orinó y cruzó el pasillo. Se desplomó en su cama como un borracho y durmió sin soñar.

La mañana después que se fue Carmela, empezó a buscar una capa en la recámara, esta vez estaría prevenido contra el frío. También le vendrían de perlas un jubón y unas calzas de lana si las tuviera de su tamaño y color. Pero una capa le quedaría a cualquiera; taparía cualquier color.

Nada. Buscó y rebuscó en roperos, cajones, cajas, en el gran armario de Carmela, en el ático, en el clóset de las sábanas, por todas partes, en todos los cuartos. Abandonó el registro de la casa, salió al jardín y se metió entre la hierba mala bajo la chirimoya y el aguacate. En el desvencijado jonuco de los tiliches encontró la sombrerera de su esposa llena de ropa apolillada. Hurgó bajo la ropa interior y sacó una capa rosa de mírame y no me toques que ella se ponía en las noches muy frías. Se amarró las borlas de seda bajo la barbilla y salió del jonuco. Le había quedado exacto, claro, y aunque la tela estaba arrugada y sólo le llegaba a las costillas, todavía relucía un poco.

Durante un rato Fausto se pavoneó bajo el sol por un lado de los botes de la basura y luego marchó en torno a la vieja caldera sin cabeza. Miraba a través de un borrón de esmog cuando pisó un azadón y el mango le pegó en la frente. —Eva —se disculpó— tengo que utilizar tu capa. Te la devuelvo cuando termine.

Cogiendo el azadón de la cabeza oxidada, entró a la casa con su bordón y anunció que estaba listo. No estaba seguro para dónde irse, si al río o a las montañas. Tal vez tomaría el autobús Lincoln Heights.

Fausto llegó a la parada de Riverside Drive con la capa volando y se sentó en la banca junto a dos chavas que llevaban puestos pantalones cortos y corpiños. Dejaron de mascar el chicle y abiertamente estudiaron a la extraña figura del azadón. De reojo, por el ojo bueno, Fausto entrevió las piernas delgadas y afeitadas hasta la rodilla. Ni para qué se ponen ropa, hubiera dicho su mujer.

Las saludó con la cabeza y chasqueó con la lengua.

—¿Qué ondas? —preguntó la güera oxigenada.

—Es usted muy bonita.

Las chavas se miraron un momento y, sin decir nada, parecieron acordar que no era de peligro. La más morena volteó y le preguntó, —¿Siempre la cantas tan de volada?

—No digo más que lo que veo —dijo Fausto confiado al tiempo que planchaba las arrugas de la capa con la mano y se apoyaba en el azadón.

—Órale pues ¿quién está más de aquéllas, ella o yo?

—Las dos.

—Nel ése, una tiene que estar más güenota.

—Todas las mujeres son hermosas —mintió Fausto.

La güera infló un globote azul y luego se lo chupó.

—Ni maíz, no le saques —dijo la otra medio seria—. Órale, ¿quién está más güenota, ella o yo?

—Ella —dijo Fausto.

—¡Ya sabía, ya sabía! Porque ella es güera, ¿que no?

Las dos esperaban una respuesta. —¿Qué pues? —dijo la morena—. Dínos, ahí viene el bus.

—Porque tú, mi vida —dijo Fausto levantándose— no inflas un globo.

El autobús paró cerca de la banqueta y la puerta se abrió al doblarse con un chillido. Fausto se hizo a un lado. La güera pegó un brinco y subió pero la otra lo detuvo del brazo. —¿Y eso qué tiene que ver? —Él se volteó obstruyéndole el paso.

—Nada.

—Tons ¿pa qué dijo eso?

—¿Van a estar hablando todo el día? —intervino el chofer.

—Tons, ¿pa qué lo dijo?

20

—Oiga, señor, deje pasar a la señorita.

—Porque sabía que ella se enojaría más si hubiera dicho que usted era la más bonita.

—Ah . . .

—Y sí lo es.

—¡Ah que la chingada! Voy a cerrar la puerta. ¿Sube o no sube?

—Cálmala con el ruco, ése —gritó un joven con barba de chivo desde el asiento de atrás.

—¡Tú cállate!

Fausto subió los escalones detrás de la chava y dejó caer dos monedas en la caja.

—Abusado —dijo el chofer—. Me lo estoy clachando.

Fausto se fue caminando hacia atrás, guiñándoles a las dos chavas; pasó frente a otros que se le quedaron viendo igual que si fuera una enfermedad. El barba de chivo lo saludó con la mano y le hizo la seña aprobatoria indicando con el pulgar hacia arriba.

—Te aventates —dijo, mientras Fausto se sentaba— pero la estás regando.

—¿Qué?

El chavo se corrió hasta donde estaba Fausto y le dio un jaloncito a la capa. —Ésta . . .

—¿Mi capa?

—Simón, se guacha buti sura, ése. Ésas no son tiras pa ligar güisas.

—¿Ligar?

—La morra, carnal. —El chavo levantó la barbilla y señaló con la nariz—. Las capas ya no rifan, salieron de moda hace dos abriles.

Fausto revisó al sabihondo de al lado todo vestido de negro. El pelo que le olía a brillantina, lo traía peinado para atrás sin partidura y los puños de su camisa planchada, de manga larga, los traía arremangados un doblez. Los ojos escrutadores, la cara huesuda, triangular. Un aprendiz de brujo.

—Gracias por la advertencia —dijo Fausto francamente— pero me dejo la capa.

—¿Y si apañas otro color?

—No.

El joven se inclinó y de un chasquido enderezó la raya de sus pantalones almidonados con el dedo cordial. Durante un rato pareció haber perdido interés y fijó la vista en el pasillo. El camión rechinó al meter primera y comenzó a subir la cuesta que llevaba al puente sobre el río. Fausto jaló la cuerda con el azadón.

—Ey, yo me bajo aquí también.

Fausto rechazó la ayuda del muchacho diciendo que con el bordón tenía.

—Yo estaba en que eras jardinero, ése —dijo el brujo.

Los dos se apearon del camión. Fausto caminó a la barandilla del puente y, con los ojos entrecerrados, miró el revoltijo de piedras y rodadoras. El muchacho escupió sobre el borde y contó. Escupió de nuevo, esperó, luego se dio la vuelta y aplaudió. —Yo conozco otra parte mejor.

—¿Mejor? dijo Fausto sorprendido.

—Simón, es para los que lo hacen nomás una vez. Mira, si brincas aquí nomás te vas a chisquear una pierna o algo.

—¿Quién dijo que iba a brincar?

—OK, no vas a brincar.

—¿Y qué si fuera a hacerlo? ¿Me ibas a ayudar?

—Sicología, ése, sicología. Te iba a enseñar la otra parte, guachas, y de allí nadie se quiere brincar.

—¿Cómo te llamas?

—Mario.

—¿Mario qué?

—No seas metiche. Mario nomás.

—Bueno, Mario. Puedes ayudarme.

—Órale, nomás te estaba vacilando, ése.

—Ayúdame a buscar agua. Tiene que haber agua allá abajo.

—Simón . . . Ya me tenías escamado un recle. Pero no vas a hallar agua. ¿Que no te acuerdas que es verano?

—¿Así que no hay río?

—Órale . . . a menos que quieras llamarle río a eso.

Mario estudió la cara abatida, —Vamos a echarnos algo de tomar, ¿que no? Eso te va a ayudar.

—No tomo.

—Ándale. Nada fuerte. Ahí mero está la licorería.

Mario encaminó a Fausto al fin del puente a través del estacionamiento hasta llegar a la tienda. Detrás del mostrador, un hombre de cara fofa, sin inmutarse, levantó la mirada hacia el joven alto, flaco, de ropa negra y su decrépito y pequeño amigo.

—Espérame aquí —dijo Mario y deambuló por el linóleo rajado. Fausto se quedó en el umbral dando golpecitos nerviosos con el azadón sobre el tapete de hule. El timbre de la entrada seguía sonando.

—Dile a tu compa que ya estuvo suave —dijo el gordo—. ¿Que piensa que está en una iglesia o qué?

—Está enfermo —dijo Mario frunciendo mucho el seño—. Pásate un cuarto . . .

—Primero la identificación.

—¿Pa comprar un cuarto de leche? ¿Qué pues . . . ?

—Ahí está en el refri, agárralo tú. Y dile a tu amigo que ya se calme su pedo. Me duelen los oídos.

Mario le hizo señas a Fausto de que se quitara del tapete y se fue al refri. Regresó al mostrador; se inclinó sobre el programa de carreras que leía el gordo y, en secreto, le dijo que Fausto se estaba muriendo. —El doctor ya le dijo que pasando unos días ya estufas. Ni maíz de vida pa mi jefito.

—Pobre vato. ¿Ya sabe?

—Sirol, por eso anda buti loco.

Fausto dejó de golpear con el azadón; la capa revoloteaba pusilánime bajo la salida del aire acondicionado.

—Guáchale los ojos . . . la piel amarilla. Cincho que es . . .

—¿Qué?

—Cólera.

—¿Qué es eso? —dijo el gordo, apretándose los dedos de una mano.

—Órale, le hace falta su arreglo de leche. Dice el doctor que es lo único que lo mantiene vivo.

—¿Cuánto va a ser?

—¿Es contagioso?

—Cincho.

—¿Para qué lo trajiste aquí? ¡Lárguense!

—Calmado, ése. Deja pagarte primero. —Mario se registró la bolsa de la camisa y luego buscó en la otra—. Lo traigo por aquí . . . cálmame un escante. —A medida que vertía el contenido de la cartera sobre el mostrador, el gordo retrocedía.

En ese instante, Fausto escuchó el apartado tono agudo de una flauta. Tiró el azadón y empezó a dar vueltas arrastrando los pies, carraspeando y silbando.

—¿Ya ves? —dijo Mario—. Antes de lo que creía.

—¡Llévatela! Lárguense. Sácalo de aquí antes de que se pele.

—Gracias —dijo Mario, al recoger los retratos de su cartera—. Que Dios se lo pague.

—¡Sácalo!

Mario le echó el brazo a Fausto sobre el hombro y los dos salieron. La danza se prolongó en el estacionamiento. —Oye, ya párale si quieres, aquí está la leche. —Abrió el cartón—. Llégale un trago. El vato todavía nos está clachando de la ventana. . . . Órale, échate un trago o nos va a perseguir.

Fausto se empinó el pico del cartón. —Demasiado fría —dijo y lo devolvió.

—Haz como que estás tomando.

—¿Por qué?

—Porque se supone que estás enfermo.

—Sí estoy.

—Ya vámonos de aquí, se está acercando a la puerta.

Cruzaron la calle, pasaron por una gasolinera Standard vacía y se detuvieron detrás de la cabina de teléfono. La pasta dura de las Páginas Amarillas colgaba de una cadena junto a una botella llena de bachas flotando en los asientos de la Coca-Cola. Con el dedo, Mario revisó la ranura del cambio vuelto, encogió los hombros y alcanzó a Fausto. El viejo iba de regreso a la licorería silbando y golpeando el azadón todavía.

—Yo no me puedo tomar esto —dijo Mario—. ¿Tú lo quieres?

—Dáselo a él —dijo Fausto y señalo por las grietas del asfalto hacia los sanitarios. El hombre dormido se había acurrucado contra la pared, la guía telefónica como almohada.

Mario se acercó, se arrodilló, levantó la bolsa de papel café y desenroscó el tapón. —Vacía. —Le dio unos golpecitos a la cabeza entrecana—. Oiga, ¿no quiere leche?

El hombre abrió un ojo nublado, le echó un ojo al cartón, negó con la cabeza y se puso de una vuelta en otra posición.

Mario le cerró el pico al cartón y se sentó junto al borracho. Sentía a gusto la sombra y, con el dedo, se limpió el interior del cue-

24

llo abotonado de la camisa. Fausto se quedó parado escuchando atento. El tráfico de la autopista parecía haberse tragado la flauta.

—¿Y ahora a dónde vas? —preguntó Mario.

—No sé muy bien.

—¿Sabes qué? Hacemos buena mancuerna, ése. No creía que ibas a hacerla. Híjole, hubieras visto la cara del pendejo ese. Estaba tan asustado que podíamos habernos jambado cualquier cosa de la tienda. —Mario le dio una palmadita al tobillo descalzo del borracho—. Nos hubiéramos descontado algo para él.

—Ssss —dijo Fausto resollando y volteó a tiempo de ver un rebaño de alpacas que iban doblando la esquina al trote.

—¿Qué ondas? —dijo Mario saltando.

Fausto se apresuró hasta la acera. —Vente, no tengas miedo —le dijo a Mario y luego bajó de la banqueta y penetró la bamboleante multitud de cabezas peludas. El pastor se había quedado atrás; parecía confundido por los semáforos y las bocinas. En el crucero que llevaba a la subida a la autopista, las alpacas espantadas bloquearon los carros de un funeral, los faros prendidos y todo. Dando de gritos y agitando el azadón, Fausto trepaba la rampa a tropezones en su intento de que el rebaño esquivara el desastre. Mario corrió tras él, dando una ojeada a la escolta motociclista que corría hacia el frente del funeral.

—¡Ey, ése! —gritó Mario—. Olvídate de las borregas.

A la entrada de la rampa, el pastor, aturdido se crispó por el rechinar de llantas cuando el policía impelió su moto hasta trasponer las ancas de los raros animales tímidos.

Con el cartón de leche apretado contra las costillas, Mario hizo un gesto desesperado con la mano libre. El policía había dejado la moto y corría hacia Fausto, pero al salir de entre el rebaño el oficial se resbaló en la mierda. Mario no perdió tiempo. Saltando el dedo de reina que crecía junto al pavimento llegó a la moto, destapó el tanque de gasolina y vació la leche. Ya para cuando había terminado, el policía bajaba la rampa llevando a Fausto a la fuerza. De improviso, las alpacas habían tomado otra dirección y el pastor ya las hacía doblar una curva y trepar un viaducto.

—Llévatela suave con este vato, ése —gritó Mario—. Está malilla.

—Enfermo y medio . . . ¿a quién se le ocurre subir esas borregas a la carretera?

—Alpacas —corrigió Fausto mientras observaba al rebaño cruzar trotando el puente.

—No me importa qué sean . . . También tú, chavo.

—Hey, yo no hice nada.

—Cómo fregados que no. Tú le estabas ayudando. Los dos se me suben a ese carro. Aún se limpiaba las manos de la caída cuando el oficial habló con el chofer de la carroza. Alegaron y el chofer apuntó a los otros carros. Por fin, el policía regresó con los prisioneros y les ordenó que se subieran.

—A mí no me vas a meter a ninguna carroza —dijo Mario.

—Cállate.

Mario murmuró algo al oído de Fausto. El chofer y otro hombre que llevaba bordadas las palabras "Forest Lawn" en la bolsa del saco habían abierto la puerta trasera. Al carro de atrás, el chofer le hizo el gesto de que está loco y señaló al policía.

—Tú primero —le dijo a Fausto el policía. Al gigante se le había puesto la cara de un rosa subido, excepto en las cicatrices blancas de viruela, lo cual le daba la apariencia de maniático. Mario le ayudó a Fausto a subir y empujó el azadón junto al ataúd.

—¿Qué es eso? —preguntó el policía.

—Mi bordón.

—Démelo.

—No.

—¡Me lleva la . . . ! —y el oficial se lo arrancó a Fausto. Pegó en la cuneta con un estruendo metálico.

—Ahora ven tú. —Mario esquivó el brazo del gigante—. ¡Te digo que vengas!

—Ni madres . . .

Muy quitados de la pena, el chofer de la carroza y su ayudante se recargaban contra la puerta de la carroza y miraban cómo el muchacho de negro se agazapaba entre los carros, zigzagueando hasta el final. Una mujer gritó cuando vio el revólver, el borracho que estaba junto a los sanitarios se sentó y dos muchachos de chaquetas tirilonas gritaron, —¡Pinche jura! —El policía enfundó la pistola y corrió veloz hasta su moto. A varias cuadras de distancia,

Mario dijo adiós con la mano y desapareció entre la multitud del recreo de la Elysian High.

La motocicleta chisporroteó dos veces y luego se deslizó hasta la base de la rampa.

—Leche —dijo el chofer de la carroza caminando hacia él como si nada.

—¿Leche?

— Sí, le puso leche en el tanque.

—¿Y crees que es muy chistoso?

—¿Yo? No . . .

—Pues, dile a tu gente que vamos a dar un paseo.

—¡Espérese un momento! Usted no puede usar la carroza para perseguir a un chamaco.

—No, buey, vamos a llevar al viejo. Al chamaco lo agarro por radio.

—No se puede. Arrancó unos alambres.

El policía se encajó el puño en la cadera y caminó hasta atrás de la carroza. —Que todos se metan a sus carros. Se acabó la diversión. —Se trepó de un salto y buscó por entre las coronas que cubrían el ataúd—. Ya está bueno, ¿dónde está?

Los empleados de Forest Lawn miraron adentro. —Sepa . . . —dijo el chofer—. Tal vez huyó.

—¡Por Dios! ¿Y ustedes nomás se quedaron mirando sin hacer nada?

—Creo que se fue para allá —dijo el ayudante.

—No, yo creo que está escondido detrás de ese árbol —dijo el chofer.

—Chin —murmuró el policía—. Váyanse ustedes.

—¿Está seguro? También podemos cancelar el funeral.

—Sigan . . .

La caravana prosiguió y el gigante se sentó en la banqueta. Levantó los ojos hacia las colinas de arriba de la autopista y vio desaparecer las alpacas por la cuesta de pinos altos y delgados. Carraspeó, gorgoreó y escupió al azadón.

En el cementerio Forest Lawn ya los sepultureros habían abierto sus bastimentos cuando apareció el retrasado. Se sacó el

27

ataúd levantándolo de los asideros de aluminio y dándole vuelta. Un portador, más viejo y chaparro que los demás, parecía tambalearse.

—Señores —dijo el chofer, con cuidado.

—Pero pesa mucho. ¿Que siempre pesan tanto?

—Por favor, señores. No vaya a sucedernos un desastre.

La gente caminó a la sepultura. Habían tendido una alfombra de zacate de papel sobre un pedacito de tierra frente a una fila de sillas plegadizas. Se puso el ataúd sobre la plataforma y cuando todo el mundo estuvo sentado o de pie tras las sillas, el ministro empezó. Por suerte él también andaba retrasado. Leyó rápidamente, saltándose palabras y terminando con un monótono runrún. Se acabó, polvo eres y en polvo te convertirás.

Fausto se retorcía. Sentía náuseas y su compañero lo tenía muy apretujado. Apoyándose en la frente fría del muerto, empujó la tapa del ataúd, parpadeó ante la súbita luz y se sentó. Sonrió débilmente a su público, luego pausadamente se salió y se alejó caminando.

—¡Ay, Dios mío!

—¿Ése es Juan?

—Haz algo . . .

—¡Señores, por favor!

—¡Jesús!

—Juan, ¿eres tú?

—¡Ay, Dios mío!

—Señores, por favor, el difunto todavía está en el ataúd . . .

—¡Jesús!

—¡Juan! Regresa . . .

28

cuatro

Mario echó la cabeza para atrás hasta que la cara quedó paralela con el techo, deslizó su Impala '57 junto a la troquita de la nieve y llamó a Fausto.

La mujer de Levis tecleó su maquinita de dar cambio y le dio al viejo un barquillo de vainilla cubierto de cacahuate y chocolate y una moneda de diez centavos.

—Órale, súbete —gritó Mario. Apenas si se distinguía el lustre del pelo y los lentes oscuros tras el volante.

La mujer se le quedó mirando al entrometido, —¿Es amigo suyo?

—Sí, es mi amigo —contestó Mario.

Ella se dio vuelta, le retiró el barquillo de las manos temblorosas y le quitó la envoltura. —¿Usted conoce al baboso ese del carro?

Fausto vaciló y ella le tocó el brazo esperando que le confesara algo. —Él no puede hacerlo que vaya. Quédese aquí.

Mario se inclinó y abrió la puerta del pasajero de un puñetazo. —Oiga, seño, la jura lo anda taloneando.

—No es cierto.

—Pregúntele.

Fausto esquivó su mirada y luego asintió con la cabeza. De inmediato, ella le notó un tic de criminal a un lado de la boca.

—Gracias —le dijo Fausto atentamente y se subió al carro. La mujer se acercó a la ventana abierta y vio hacia adentro.

—Los cuetes los cargamos en la cajuela —declaró Mario metiéndole primera y salió.

—¿Qué pasó? —preguntó Fausto al lamerle los cacahuates al barquillo.

—¿Cómo que qué pasó? Te andan taloneando, ése, la placa te quiere cachar.

Fausto permaneció callado. Desde el cementerio había caminado cinco cuadras descansando en dos paradas de autobús. Lo habían seguido un perro caniche andrajoso, dos gatos y un pichón. Debía ser el olor a muerte. Pero lo peor de que lo entierren a uno es que le cierran la tapa. ¿Cómo va uno a respirar? ¡Y a ver el cielo! Pues, a mí no . . . ¡No, señor!

—¿Traes cigarros? —preguntó Fausto.

—Nel, aquí nones.

—Toma —dijo Fausto, pasándole el barquillo—. No tengo hambre.

Mario lo tomó y empezó a lamerle el chocolate derretido al barquillo. —Oye, chécate la cajuelita, chance y al vato se le quedaron unos allí.

Fausto encontró un Camel apachurrado que ya había perdido la mitad del tabaco. Había tenido que prender tres cerillos al hilo para prender la punta arrugada. Después de darle una prolongada y feroz chupada sintió que unas cosquillitas de alivio le bajaban hasta las rodillas.

El refulgente Chevy salió del bulevar y se paseó por entre pequeñas casas estucadas de zacates verdes marcados de manchas secas. Mario manejaba como príncipe aburrido, la cabeza echada para atrás y con dos dedos al volante por arriba de la ingle. —Qué suave, ¿no?

—¿Qué?

—La ranfla, ése, la ranfla.

—Ah, sí, muy bonito.

—La neta es que no es mío. Me lo presté, ése . . . tú sabes . . . hasta que se le acabe la gasofa.

—¿Te lo robaste?

—No le voy a hacer nada. Ya va para la semana que lo traigo y ni un rasguño.

—Sí sabes que eso es ilegal, ¿verdad?

—No me eches sermones. Yo estaba en que íbamos a ser chómpiras. Por eso te anduve taloneando. Hasta te fildié tu azadón. Mario apuntó al asiento de atrás con el pulgar.

—Lo apañé después que te pelaste.

Fausto volteó. Una curva de ceniza le colgaba de los labios. La bacha se le cayó al asiento.

—¡Aguzado, ése! Acuérdate que la ranfla no es mía.

Fausto se disculpó y tiró la bacha por la ventana. Se quería bajar en seguida pero Mario le insistió en que permanecieran juntos. Mario sostenía que aquélla era la mejor forma de esconderse. Un viejo moribundo llama la atención de todos mientras que el chavo que anda por la fila dos se roba radios, videocaseteras, relojes, ropa, alhajas . . . lo que sea, siempre que le quepa bajo la chaqueta y en las bolsas

—¿Qué pues?

—Me quiero ir a mi casa, si no me quieres dejar aquí, llévame a la casa.

—En la madre, yo estaba cincho que tú y yo . . .

—Llévame a la casa.

—Sirol, está suave.

Fausto le fue diciendo cómo llegar y parecía que Mario aceptaba el bajón como si lo hubiera estado esperando. —Eso me pasa por andarme juntando con rucos. Mi jefita siempre dijo que yo me traía algo con los chicharrones. . . . Chance porque mi jefito estaba tan rucailo. . . . Felpó el año pasado.

—Qué pena —dijo Fausto mirando los dados de peluche que se columpiaban bajo el espejo retrovisor.

—Nel, ése, al vato ya le andaba por pelar gallo. Decía que mínimo ya no tendría que entrarle al camello. Símón, ése. El ruco cabrón nomás quería pintar venado . . . Pero pura madre que eso me pasa a mí.

—¿Cómo sabes que no?

—Porque yo no voy a camellar.

Cuando entraron por Riverside Drive y se acercaron a los cerritos del Elysian Park, Fausto le pidió a Mario que lo llevara hasta la cumbre.

—¿Que no me dijiste que cantoneabas cerca del río?

—Sí, pero el hombre que toca la flauta . . .

—¿El vato de las borregas?

—Alpacas. Por ahí se fue.

—Sepa la bola, ése. ¿Que la escuela de la chota no está por ahí? No quiero buscarle ruido al chicharrón.

—No nos vamos a acercar a la academia. Sólo llévame al parque.

—Bueno, pero luego yo me largo.

—No va a pasar nada, ya verás. —Fausto recordó la cara de su vecino tras el alto cerco de alambre. A Tiburcio lo habían acorralado por error en una redada de indocumentados mexicanos en el Eastside y estaba de un genio espantoso. Las canchas de tenis de la academia se habían cubierto de hombres.

—Diles, Fausto —rogó Tiburcio—. No me quieren creer.

—Ya les dije, pero me dijeron que tenían que esperar a más testigos.

—Pues ve a traer testigos.

—No puedo, todo mundo está en el trabajo. Nomás espérate unas horas más.

Tiburcio zarandeó el cerco como un chango enfurecido.

—Cálmate —dijo Fausto pensando en cómo consolarlo—. ¿Que quieres que te metan a la cárcel?

—¿Y esto qué es?

—No, a la cárcel de a deveras.

—Fausto, parece que estás del lado de ellos. Acuérdate que tú podrías estar aquí también.

Durante el resto de la tarde, Fausto permaneció sentado junto al cerco fingiendo que estaba adentro con Tiburcio. ¿Qué más podía hacer? Si se hubiera atrevido a dar un paso para irse, su vecino hubiera gritado y sacudido el cerco.

Mario se desvió por el camino angosto que rodeaba el área de picnic. Le preguntó a Fausto, —¿Te bajas aquí?

—Escucha. ¿Oyes eso?

—Nomás que no sea una llorona.

—Párate . . . ¿Oyes?

—Simón. ¿Es tu compa?

—Adiós.

—Cálmala un escante, ése, deja parquear la ranfla. ¿Que quieres chupar faros?

Mario puso el carro bajo la sombra de un roble y esperó frenando con el pie. —Aguzado, ése, ahí te guacho. Cuando quieras juntarte, a veces ando por el Market Basket de la North Broadway. Fausto abrió la puerta. Con la mano levantada y un pie aún metido en el carro escuchó. —¿Puedes esperarme? Mario se quitó los lentes oscuros y dio una ojeada por encima del zacate parejito hacia la calle principal. Detrás de las parrillas de la carne asada, un hombre semidesnudo estaba tirándole un frisbee a su perro doberman. —Órale —dijo Mario—, pero muévete, no me cae este lugar.

Fausto encontró al pastor sentado a la orilla de un desagüe junto a unos columpios. El muchacho flaco se estaba echando granos de maíz tostado a la boca mientras que sus animales pastaban alrededor de un bebedero. Levantó una mirada curiosa ante el raro de la capa y luego le ofreció maíz de su bolista de tela colorada. Fausto se negó con la cabeza y se apuntó a los dientes. —No puedo —le dijo primero en inglés y luego le explicó en español acerca de la cáscara de piñón que se le había quedado trabada entre un puente y una muela. El pastor hurgó en otra bolsita y le brindó un puño de hojas de coca junto con un pedazo de piedra caliza. Fausto cortésmente se rehusó agregando que prefería los cigarros.

Cuando el carro pitó, las alpacas alzaron la cabeza y otearon el aire. El joven respingó.

—No temas —dijo Fausto, colocándose próximo al desaguadero. Apretó la temerosa mano húmeda y se presentó—. Sé lo que sientes.

El pastor esperó hasta que los cuellos largos y lanudos regresaran al suelo nuevamente; luego habló silencioso, como para que no oyeran ni los árboles, como si el viento se fuera a llevar sus palabras para transformarlas en nada. Se llamaba Marcelino Huanca y no sabía cómo pero se había perdido. Fausto distinguió varias palabras del quechua y dos o tres frases en español antiguo pero entendió lo principal de su cuento. Se había apartado de los pastizales conocidos; había tomado el rumbo de las montañas y cruzado por un paso y, olvidándose de lo tarde que era, descendió a un valle de luces cegadoras, ruidos extraños y planos campos lisos, duros como piedra.

De nuevo el pitido del carro, fuerte, insistente.

Fausto palmeó el poncho de Marcelino por la espalda y lo invitó a casa. —Yo te ayudaré . . .

—¿Y éstas? —señaló Marcelino al rebaño al tiempo que las orejeras de su gorro revoloteaban como las agotadas alas de un pájaro.

Fausto estaba a punto de convidar también a las alpacas cuando oyó el portazo del carro y la aguda voz de Mario que lo llamaba. El pastor se levantó de jalón y acometió a sus animales espantándolos hacia arriba por entre árboles y maleza. En cuestión de segundos ya se habían ido y dejado a Fausto en súbito y polvoriento silencio.

Mario llegó al claro corriendo, —¡Ya vámonos! Ya no puedo calmarla. —A Mario le brillaba la cara y le caían unas greñas untuosas sobre las orejas.

—Ya lo hallé —dijo Fausto fijando aún la mirada en el lugar por donde había desaparecido Marcelino—. Ya regresará.

—Vámonos.

—Espérate . . . tantito más. Alguien tiene que ayudarle. Sabes, es que vino desde allá del Perú.

—A mí me importa madres que haya venido de China. No vas a echarle una mano a nadie si nos cacha la jura, ése. Esos vatos entrenan sus perros por aquí. Sabes qué, ése, esos pinches perrotes te pueden rajar tan gacho que te dejan como chorizo.

Renuente, Fausto se deslizó de la alcantarilla corrugada y siguió a Mario al carro. Cuando llegaron al cordón de la banqueta, un frisbee color de rosa se voló desde el lado opuesto de la calle y cayó entre los pies de Mario. El doberman enorme saltó del zacate y detrás de él Mr. América sonriente y descalzo.

—En la madre —dijo Mario, sintiendo que se caía.

Fausto pronto recogió el frisbee y lo sostuvo para que lo tomaran las babosas mandíbulas abiertas. En vez de cogerlo, el can gruñó y olfateó a los dos hombres.

—Chorizo, ése, chorizo —susurró Mario.

Fausto tiró el frisbee y el perro corrió a su encuentro.

—Qué bueno —dijo el descamisado, meneando desde su muñeca la pesada traílla de cadena—. Generalmente muerde a los extraños.

—¡Qué suave! ¿Le caen los brazos o piernas? —dijo Mario.

—No. De veras. A ustedes les fue muy bien.

—¿Ya se acabó la pruebita?

—Ey, no te enojes. En realidad es bastante bueno ya que lo llegas a conocer.

—¿Ah, sí? Pos yo conozco a unos vatos que les gusta chutar a los perros aunque sean de aquéllas.

—Mario, no seas mal educado —dijo Fausto interponiéndose entre los dos—. El muchacho no sabe lo que dice, nada más está un poco asustado. —Fausto engatusó a Mario para el carro y los dos se metieron justo cuando el doberman soltó el frisbee por el lado del chofer.

—Mira, chavo, no me hace falta el perro para darte una lección. Ahorita mismo te la daría y si no fuera porque tu viejo es tan buena gente te botaría por todos lados como pelota de tenis.

Mario se quedó clavado en las mojadas tetas musculosas de la ventana. —¿Ya estuvo?

—Sólo que si me topo de nuevo contigo en este parque, te la voy a partir. Ahora, ¡lárgate al demonio!

Ya a distancia segura, Mario sacó el brazo y le mandó un adiós golpeando la puerta con la señal del cometa en la mano. Camino del valle, Fausto ya planeaba regresar al parque al día siguiente.

—¿Puedes ayudarme? —preguntó, confiado de que sabía la respuesta.

—¡Estás pendejo!

—Yo te cuido.

Fausto apuntó a su casa. Carmela estaba sentada en la veranda leyendo el periódico. —Te veo mañana en la mañana —dijo Fausto sosegado. Mario se iba a sonreír pero frunció el ceño cuando vio que Carmela tiró el periódico y corrió hacia la verja.

—¿Y ésa quién es? —preguntó Mario—. ¡Bájate de volín, bájate!

—Tío, ¿qué estás . . . ? —Carmela clavó la vista en el rostro desconocido tras el volante.

Fausto se empujó del asiento con dificultad, agarrándose de la puerta.

—¡Tío, ése no es Jess!

—Pues claro que no.

—Pero, ¿por qué trae su carro?

—No te alteres, mijita, es amigo mío. —Fausto apenas se había puesto de pie cuando Mario abalanzó el carro. Las llantas chillaron y la puerta aleteó antes de cerrar.

—Voy a llamar a la policía —dijo Carmela.

Fausto la siguió entorpecido —No, Carmela. No hagas eso.

—Él fue el que se robó el carro.

—No llames, también a mí me andan buscando.

Carmela paró.

—Siéntate —dijo Fausto—, te voy a contar todo lo que sucedió. —Carmela se estuvo de pie junto a la puerta de alambre, entrelazando los dedos mientras que su tío, impávido, empezó a narrar desde su llegada a Lima. Después de muchos detalles entró a El Cusco.

—Ya, Tío, ¡al grano!

—¿No quieres que te cuente todo el asunto?

—Sí, pero date prisa, ése ya pudo haber llegado a Long Beach.

Fausto prosiguió. Carmela cedió y se sentó a su lado en los peldaños de la veranda. Cuando llegó a la parte en que las alpacas treparon la rampa de la carretera, esperó hasta el último momento, hasta que obligaron a parar al tráfico. En seguida, él corrió a la autopista y solo y su alma echó el rebaño a un lado. Luego se volteó y empezó a dirigir el tráfico. —¿Ya ves? Hice una buena obra y me arrestaron.

Carmela guardó silencio.

—Mario me ayudó a escapar, así que no puedes llamar a la policía.

—¿Se llama Mario? ¿Y cómo se apellida?

—No quiso decírmelo.

—Tío —dijo Carmela después de largo rato—, ¿cómo explicártelo . . . ? Yo no sé qué hagan en Perú o en Panamá o en cualquiera de esos lugares, lo que sí sé es que ahora estás en Los Ángeles y ese muchacho se robó el carro de Jess.

—No te preocupes, lo va a devolver.

—¿Cómo sabes?

—Yo sé, es mi amigo.

—Ojalá que tengas razón . . . porque si Jess llega a saberlo . . . bueno . . . se . . . se moriría si se diera cuenta de que tú sabes . . .

—Y ¿qué?

—En serio, Tío.

—No te preocupes, Carmela. Mario va a regresar el carro. ¿Te acuerdas de aquel caballo en México? ¿De cómo te perdiste y cómo regresó solito al corral? Lo mismo sucederá con Mario. Ya verás.

Carmela asintió con la cabeza. No se lo diría a nadie pero aquella vez, montada a caballo, más bien en mula, se había sentado muy apretada al cuerno de la silla y había sentido el placer del orgasmo por primera vez. Una y otra vez se meció, su cuerpo débil, las piernas colgándole, soltó las riendas y dejó que la mula siguiera su propio camino. Había sucedido bajo un árbol al subir una colina. El pelo se le había enredado en una pelona rama gacha y ella se había agarrado del pescuezo sudado del animal con la intención de hacerlo que esquivara el árbol. Pero, la mula terca siguió por el zacatón alto, tomando un atajo cuesta arriba. Mucho tiempo, durante horas, parecía, ella y la mula vagaron sin rumbo. Había temido regresar pues creía que su tío iba a notarle algún cambio en la cara.

—Vamos a comer —dijo Carmela de repente. Se puso de pie y le levantó el brazo a Fausto—. Y ponte a rezar para que tengas razón en cuanto al carro.

—Reza tú, yo estoy muy cansado.

Se fue tras ella a la cocina y se sentó junto a la ventana de enfrente. —¿Qué te parecen unas quesadillas? —preguntó—. No hay otra cosa.

—Lo que sea, mijita.

—Mañana voy de compras.

Fausto la vio echar una tortilla de harina sobre el comal. Luego bajó el rallador cuadrado de las verduras que colgaba de un clavo arriba de la caja del pan. Sin tirar ni una migaja, ralló con atención un trozo de queso blanco sobre el centro de la tortilla. Luego anduvo al refrigerador, sacó una botella y empezó a verter un poco de leche en una cazuela.

—La quiero fría —dijo Fausto.

—El doctor Chávez dijo que tibia.

—El doctor Chávez le dice eso a quienquiera que se esté muriendo. ¿Qué más puede decirles?

—Si no te quedas en casa a descansar, por lo menos bebe leche tibia.

—¿Y qué si te dijera que me dieras veneno? ¿Lo harías?

—Claro.

—¿Sí?

—¿Por qué no? A menos que fueras alérgico o algo así.

—Mijita, el veneno mata.

—Ya lo sé, pero que eso no es igual a lo que haces tú cuando andas por todos lados.

Fausto encogió los hombros y se volteo para la ventana. Levantó la cortina y miró el reflejo de gris y esmog del cielo nocturno.

—Carmela, ¿te molestaría si viniera alguien más a vivir con nosotros?

—¿Quién?

—El hombre que te dije . . . el de las alpacas.

—¡Qué preguntas! Claro que no. —Carmela colocó la quesadilla caliente y el vaso de leche en la mesa—. Ahora cena.

cinco

A la mañana siguiente la nube de nieve se amontonó más allá de Pacoima y voló lenta hacia el oriente. A temprana hora ya había llegado al puente de Glendale Boulevard y revoloteó sobre el tráfico a la hora pico. Se pararon los carros, las trocas y los camiones. De repente, una mujer que traía puesto un overol morado y un casco de cazador de paja recargó su motoneta en la banqueta y empezó a tirarle bolas de nieve al que alcanzara. Pronto ya todos se estaban tirando bolas de nieve. Luego la nube siguió su camino, que a veces coincidía con el curso del LA River.

Fausto le cambiaba el papel periódico a la jaula del periquito doblando cuidadosamente las orillas para que cupiera en la bandeja. El pájaro estaba agarrado de un lado de la jaula y se picoteaba en el espejo.

—Creo que le hace falta un tranquilizante —dijo Carmela secándose las manos con la toalla—. ¿No se te hace que está nervioso?

—Está contento. —Fausto puso la jaula junto al radio sobre la mesita de la televisión portátil. Luego levantó los brazos para abrazar el aire y arrastró los pies por la cocina al compás de una polka mexicana. Una sola quemadura, un lunar café, marcaba la capa que él mismo había planchado, le colgaba del cuello como babero de bufón. Generalmente Carmela lo acompañaba pero esa mañana parecía que él estaba con alguien más. Además, se movía con una ligereza que ella no le había advertido en años.

—Tú y Tico-Tico —le dijo ella mientras que él se volcaba hacia el fregadero.

—¿Bailamos?

—No, Tío. . . ¿Qué, no te has cansado?

—Un poquito.

Carmela se acordó de los niños de enfrente mientras miraba a Fausto transportar su elegante cuerpo frágil por el cuarto tarareando. Las dos niñas lo habían llamado Toto. Fausto y ella las habían visto irse corriendo, riéndose, seguramente del nuevo apodo.

—Toto, ¿qué quiere decir eso? —le había preguntado Fausto. Ella le contestó que a las niñas se les debería enseñar a respetar más pero su tío había insistido en que era un buen apodo.

Carmela limpió los mendrugos de la mesa. Ahora todo el mundo te dirá Toto por esa capa. Qué apodo más chistoso.

Al terminar la polka, Fausto se dejó caer en una silla para recuperar el aliento después de la polka. Ambos guardaron silencio mientras el locutor comentaba brevemente lo de la nube de nieve. La describieron sencillamente como una "curiosidad" que vagaba por el barrio.

—Vamos —dijo Fausto metiéndose aprisa los zapatos de jardín—. Vamos a buscarla.

—¿A poco te creíste eso? A lo mejor no es más que un chiste.

—Hay sólo una forma de saber . . .

—Tío, las cintas.

Fausto se agachó y se puso a jalar las cintas. —No puedo.

—Yo te las amarro —le dijo. Notó un tono extrañamente exaltado en su voz.

Fausto pensó que cómo no se había traído su bordón pero eso tendría que aguardar. Rápido descendió con Carmela la escalinata de enfrente. —Mira para todos lados —le indicó—. Que no se te pase nada. —Desde la esquina vieron que la señora Rentería venía hacia ellos, accionando los brazos como si nadara contra corriente—. ¡Fausto! ¡Fausto! —gritó.

—¿Qué pasa, señora?

La mujer se agarró de Carmela para mantener el balance.
—¡Fausto!

—Dígame, señora.

Hinchó el amplio seno y miró para atrás como si la vinieran persiguiendo. El suéter gris le colgaba sobre la barriga y los zapatos negros de matrona estaban mojados y arrugados.

—Ya sé, señora —dijo Fausto—. Es la nieve, ¿verdad?

—¿Cómo sabes?

—El radio. —Fausto exploró el cielo a través de la telaraña de ramas y alambres telefónicos.

—Pero si acabo de verla —dijo la señora Rentería asintiéndole a Carmela—. ¡Con estos ojos!

—¿Dónde? —preguntó Fausto.

—En el jardín de atrás de mi casa. Estaba colgando ropa y, luego, todo se hizo blanco. Así . . . ¡Fuuu!

—¿Estará allí todavía?

—Está derritiéndose.

—No, la nube.

—No sé, dejé todo y salí corriendo.

—Bueno, no se preocupe, no le pasará nada a su ropa con un poquito de nieve.

—¿Y mis flores?

—Volverán a salir.

La señora Rentería miró a su alrededor, se disculpó y se fue caminando por la acera.

—¿Adónde va? —gritó Fausto.

—A ver a Cuca. Ella sabrá qué hacer.

Hacía varios años que Cuca había impresionado a todo mundo cuando dijo que el río se iba a desbordar. Claro que se había equivocado por un año y dos semanas pero así se había ganado su enclenque reputación como agorera. Antes de eso, sólo la respetaban por sus curaciones pero ahora sus clientes le hacían peticiones imposibles de cumplir, como resucitar muertos o hacer florecer lirios en invierno.

Fausto y Carmela miraron a la señora Rentería desfilar hacia la casa de Cuca, después ellos cruzaron la calle y pronto cubrieron la larga cuadra inclinada hacia el río. Cuando llegaron a la casa de la señora Rentería, la nube ya no estaba. Al final de la entrada que llevaba hacia el garaje, algunos vecinos miraban con cara de preocupados mientras sus hijos corrían bajo los tendederos.

—¿Y esto qué te parece? —preguntó Tiburcio.

—No sé —dijo Fausto—. Todavía no sé de qué se trata.

—No va a lastimar a los niños, ¿verdad?

—¿Tantita nieve?

—Es tan raro —dijo Carmela, tentando la orilla del cacho de nieve con la punta del pie—.

—¿Que ésta no debería estar en todos lados? ¿por arriba de todo?

—Es quisquillosa —explicó Fausto—. Viste que no tocó el aguacate. Mataría la fruta.

—Sí, es cierto —dijo Tiburcio—. Entonces tampoco le hará daño a los chavos.

Fausto miró por arriba de los techos al cielo que daba a entender un azul por primera vez en muchos meses. —Ven, Carmela. Siento que la nube cruzó por arriba del cerco hacia el río.

Los vecinos lo siguieron cuando salió del jardín. En la calle otros se unieron al grupo. Al final de la cuadra embistieron la barrera del callejón sin salida y la dejaron atrás, se treparon al malecón y pararon sobre la ribera. Fausto apuntó: —¡Allá! ¡Miren!

La nube se había posado en el lecho del río, descansando sobre las rocas. Una ancha raya de nieve cubría la ribera. Se extendía por el fondo hasta llegar al otro lado.

Con las medias enrolladas hasta los tobillos, la señora Noriega caminó el borde de la ribera. —No estaría mal hablarle al cura.

—¿Para qué? —dijo Fausto—. Olvídenlo.

Nadie se movía, todos escrutaban la nube. Una vez, la nube se subió a un montón de piedras más grandes, nada más. Carmela se mordía las uñas, Smaldino, el vendedor de pescados, se preguntaba si su bacalao se mantendría en la nieve y Roberto, el hijo de Tiburcio, le soplaba aire a tres cachos de chicle balón. Cuando la señora Rentería llegó al malecón, todo mundo volteó. —Dice Cuca que todavía no es tiempo de hablar acerca de la nieve —anunció la solterona jadeando.

—¿Por qué? —preguntó Tiburcio—. ¿Que no debe saber ella de estas cosas?

—Dice que aún no se ha tomado su cafecito.

Fausto estaba decidido. Se paró sobre el borde, echó un grito de guerra, saltó al aire y patinó por el declive hasta abajo. Carmela quedó paralizada esperando una catástrofe pero, después de un breve silencio, Fausto se sentó y les hizo una seña a los niños. En cuestión de segundos, se lanzaron cuesta abajo, gritando y dando de alaridos. Parece que los gritos despertaron a la nube porque, apenas habían llegado los niños a donde estaba Fausto, la sombra gris brincó a la otra orilla. Cada vez más veloz, viraba de lado a lado. Finalmente pasó debajo de la autopista de Pasadena y desapareció en una vuelta. Fausto volteó y les dijo a los niños, —¿Qué esperan?

Se la pasaron jugando casi todo el día, deslizándose en un trineo de cartón, tirando bolas de nieve, haciendo monos y castillos de nieve. Fueron familias enteras y muchos se hicieron la zorra del trabajo. Alguien prendió una lumbre para secar los calcetines y pantalones mojados. El hijo mayor de Smaldino compró unos esquís maltratados a dos dólares en el Salvation Army y los rentaba a cinco centavos por vuelta. Y la señora Rentería sacó la vieja mesa de las barajas y se puso a hacer conos de nieve con tres jarabes de sabor.

Todo este tiempo Cuca se quedó en su casa. La nieve le había caído como bendición para su negocio, principalmente en cuanto a las lecturas astrológicas y echar la suerte. Ya temprano por la tarde había terminado cuatro de ellas, además de media docena de curaciones basadas en algún uso de la nieve.

Por su parte, a Fausto parecía que ya se le había olvidado el campo nevado del Perú y su amigo el pastor que andaba en los cerros. Casi toda la mañana la pasó sentado en una silla plegadiza, las piernas estiradas, mirando a los niños y aliviándose las articulaciones con cataplasmas de nieve. No se acordó de Mario y el carro hasta que Jess le palmeó la espalda.

—No me lo vas a creer —dijo Jess entusiasmado—, esta mañana encontraron mi carro allá en Culver City . . .

Carmela miró a Fausto. —¿Entero?

—Perfecto. Ya el tanque anda vacío pero nomás. Estaba seguro de que el motor estaría hecho garras.

Carmela abrazó a Jess por la cintura, —Qué bueno, me alegro que no le haya pasado nada.

—Sí . . . lo raro es que lo encontraron en Culver City siendo que se lo robaron en El Sereno. Está como a veinte millas de retirado. No sé . . . —Jess se fijó en la nieve por primera vez. Era de la misma estatura que Carmela pero la ancha cara guapa y la mandíbula fuerte lo hacían parecer un hombre de mayor tamaño—. Dijeron que todo mundo estaba acá. ¿Qué descargaron una troca de nieve?

—Es que nevó —dijo Fausto.

—Sí, hombre, cómo no, ¿cuánto les costó?

—De veras, Jess —dijo Carmela—. Pasó una nubecita y . . . pues, pregúntale a quien quieras.

—Está bien . . . Oye, vamos a dar una vuelta, tengo que revisar que todo esté bien, ¿OK?

—No puedo, Jess. Hoy es sábado y ya le había dicho a mi tío que me quedaría todo el día con él.

—Sólo un par de horas, ¿qué dice, Sr. Tejada?

—Puedes decirme Fausto.

—Luego luego se la regreso.

—Andale, ve, mijita. Yo no voy a ir a ninguna parte.

—Jess me va a llevar de compras, ¿verdad? —dijo Carmela.

P ara el atardecer, los niños ya se habían salido de la nieve medio derretida y Fausto se había quedado solo en el dique. Acostado en la silla plegadiza, Fausto se había tapado con una cobija que alguien le había prestado y sólo se le veían la nariz y dos dedos mientras que en silencio le chupaba la última bocanada a una bacha. Mañana iría al parque a encontrar a Marcelino. Pobrecito, seguro que ya se le habría acabado la comida. Qué lástima que no hubiera estado en el río. La nieve no le habría causado ninguna novedad pero tal vez le hubiera gustado probar las enchiladas de la Señora Noriega o un poquito de caldo.

—¿Todavía estás aquí, Tío? —Carmela se acercó a la forma opaca próxima a la orilla cuidándose de no resbalar en el agua ni tropezar con los monos de nieve. Le tocó el hombro—, ¿Ya quieres irte a la casa? Jess trae el carro lleno de mandado.

—Ya estoy listo. —Fausto suspiró y se quitó la cobija—. A lo mejor nieva mañana . . .

—Los chavalos se iban a friquear.

—Fric . . . ?

—Les gustaría, Tío. Nadie iría a misa y el Padre Fulanito se enfurecería.

Carmela tomó la silla plegadiza y le ayudó a bajar del dique pavimentado hasta la calle. Jess los llevó en el carro a la casa, le ayudó a Carmela a sacar el mandado de la cajuela y luego esperó, sentado a la mesa con Fausto, mientras que ella guardaba las latas, las verduras y la carne congelada.

—Ahí está ese olorcito otra vez —dijo Carmela. Revisó la alacena por abajo y, a través del enrejado, la arena bajo la casa—. No, no sale de allí.

—Ya te dije, es chicha. La beben en Perú . . . se parece al pulque.

—En serio, Tío. ¿Qué estaría haciendo aquí esa . . . chichi?

—Chicha.

—Huele a podrido —dijo Jess y abrió la ventana.

—Mijita, es chicha. ¿Cómo se me iba a olvidar?

—Está bien —dijo Carmela, poniéndose el delantal—. Váyanse a lavar las manos y cuando acaben . . . Jess, tú puedes pelar las papas y las zanahorias.

—Ey, yo no puedo hacer eso.

—Tienes que, si quieres comer . . . Tío, ¿quieres revisar la sala a ver si no dejaste alguna comida por allí? Tal vez son los frijoles que te preparé la semana pasada.

—Me los comí.

—¿Te acuerdas del pescado que encontré bajo el sofá? Si no te gusta algo, dímelo. —Carmela los vio salir. Pensaba que prefería estar en su escritorio del Registro Civil sin importarle lo aburrido que era hacer cuentas.

Cuando los hombres regresaron, ella acusó a su tío de haber fumado mota en el porche. —Es el muchacho con que andabas, ¿verdad?¿Es vendedor o algo así? ¿Por eso los andaba persiguiendo la policía?

—Mijita, ¿qué estás diciendo? ¿Qué es eso de mota?

—¡Marihuana! Revisa el porche, está regada por todo el suelo.

Jess llegó primero al porche, se arrodilló y levantó una hoja, la olió, la lamió y por fin mascó la puntita. —Es otra cosa —dijo.

Fausto desbarató en la mano algunas de las duras hojas secas. —Te puedo decir lo que es sin siquiera haberlo olido, es coca —dijo sonriendo.

—¿De veras? —dijo Jess—. Ey, Carmela, tu tío se las trae.

—Pero no es mía —dijo Fausto—. Es de mi amigo.

—Tío, te pueden meter a la cárcel nomás por tenerla. ¿Que no es como la cocaína?

—Mijita, ayúdame a barrerla. Vamos a guardarla para cuando regrese.

—¿Que regrese quién?

—Ya te dije que mi amigo. No es Mario . . .

—¿Quién es Mario? —preguntó Jess.

—Olvídalo —dijo Carmela.

—. . . no, no es Mario sino Marcelino . . . Marcelino Huanca.

seis

Jess estaba abajo mirando la lucha libre en la televisión, Fausto estaba en su cama contándose las várices y Carmela acababa de soltarle al excusado.

La sombra de atrás de la cortina de la regadera descendió en el baño.

—¡Tío! ¡Jess! —Carmela se subió los calzones de un jalón y caminó de lado hasta la puerta. Gritó otra vez desde lo alto de la escalera y luego se metió corriendo a la recámara de Fausto.

—¡No te muevas! —le dijo Fausto en voz baja desde el suelo donde estaba tocando la pelusa de abajo de la cama.

—Tío, algo está en el baño.

—Carmela, ¿quieres encender la luz? Se me escapó una.

Ella prendió el interruptor y miró al pasillo. —¡Apúrese, Tío!

Fausto gateó hacia adelante, —Allí estás, vente, chiquitita . . . Sí, muy bien, ven para acá.

—¿Qué hay aquí? —preguntó Carmela al espiar bajo la cama.

Cuidadosamente, Fausto levantó la pelusa entre índice y pulgar y la colocó sobre su pierna derecha. —Tenía miedo de que la fueras a pisar, a veces se resbalan de la cama y se pierden.

—Algo está en el baño.

—Así son las várices. —Se palmeó la piel floja y pálida y soltó la pierna de la pijama—. A ver . . . ayúdame a levantarme. Ha de ser una cucaracha.

—No. Es grande.

47

—¿Dónde está Jesús?

—Viendo la tele . . . ¡Jess! ¡Ven acá arriba!

Jess había resuelto llegar hasta el final del pleito contra el Monster Mulhoon, el gigante de los Ozarks. —Un momentito —contestó y luego vio venir la patada voladora, oyó el crac y el espinazo se le rompió como galleta de soda. Cayó en la alfombra y esperó inerme otra trampa de Mulhoon.

—¡Jess!

—Está bueno, ya voy. —Se rodó por un costado, le tiró un puñetazo a la almohada del sillón, se agachó para esquivar la peluda llave arrancaojos y le atestó un golpe con la mano abierta a la oreja del Gigante. Mulhoon se derribó sobre la mesa de centro. Jess se arqueó sobre su víctima, le dio un jalón al bigote retorcido y salió saltando para las escaleras.

—¿Qué pasa? —dijo en la puerta del baño.

—Algo está allí adentro —dijo Carmela—. ¿No quieres ver qué es?

—Bueno, ¿como qué cosa es? ¿Una araña, una víbora?

—Más grande . . . Jess. Tengo miedo.

—Mejor vamos a llamar a los bomberos . . .

Fausto se abrió paso con los codos, entrando jaló la cortina. Marcelino sonrió con una mano metida en la jabonera.

Carmela se echó paso atrás. —¿Qué es?

—Párate, Marcelino.

—Apesta —dijo Jess—. ¿Hágalo que se bañe?

—Respira por la nariz —dijo Carmela, abanicando con la mano.

—Marcelino, levántate, por favor.

—Tío, ¿es tu amigo éste?

—Sí. Puede quedarse en mi recámara.

—¿Es el de la coca? —preguntó Jess.

Fausto estaba rociándole agua de colonia al poncho rojinegro. —Ya está —dijo—. Marcelino Huanca quiero presentarte a mi sobrina Carmela y a su amigo Jesús.

—Tío, se llama Jess.

Marcelino desvió la mirada, asintió y siguió a Fausto para la recámara.

Jess le dio a Carmela con la punta del dedo. —Pregúntale al viejo que si habla.

—Pregúntale tú, ya me cansé de andar de metiche.

—A ver si no trae más de esas hojas.

—No, Jess. Déjalo en paz. Mi tío no se siente bien. Tío, voy a subir el catre. No caben los dos en la cama.

—Así estamos bien, mijita. Cierra la puerta.

—¿Seguro? Te voy a traer otra cobija.

—No, de veras. Si necesito algo, te aviso. Oye, mijita . . .

—Sí, Tío.

—Apaga la luz.

La niebla recorrió las calles como una ola inexorable, acariciando árboles y casas, palomas y borrachos, con el mismo escalofrío húmedo que le trepaba a Fausto por las manos, goteándole dentro de las coyunturas, girando alrededor de cada nudillo como si el dolor fuera un agasajo.

—Yo aquí no me voy a quedar, Marcelino. Éste es el peor lugar del mundo para morir. Dondequiera menos aquí.

—Señor, podríamos regresar a mi casa.

—Si, eso me gustaría . . . pero temo que sería imposible. Ya no tengo fuerzas. Mírame, todo encogido como cacahuate.

—¿Y mis alpacas?

—No te preocupes, todavía puedo ir al parque.

—¿Ahora?

—No, será mejor dormir primero, además no se puede ver nada con la niebla.

Ya antes dijo Marcelino que había perdido el rebaño. Los animales se regaron cuando el helicóptero aterrizó en el claro que había entre los árboles. Un hombre lo había perseguido entre el zacatón seco y las ortigas hasta llegar a la inclinada rajadura de tierra sobre la autopista. Marcelino se había escapado resbalándose hasta el pie de la colina que daba contra la barbería-teatro Los Feliz. Ya fatigado y contuso, no tuvo más remedio que irse a casa de Fausto.

—Buenas noches —dijo Fausto—. Descansando un poquito ¿quién sabe? A lo mejor vivo otro día. —Terminó de sobarse las manos con Ben Gay, se dio la vuelta y se quedó dormido.

Pero Marcelino no podía dormir. En la oscuridad de la habitación extraña escuchaba desde arrullos de los palomos y partes de canciones ebrias, hasta constantes chirridos raros de herrumbrosas ruedas de carros de carga de ferrocarril. Encuclillado junto a la cómoda, observó la silueta del tórax del viejo que se elevaba y se caía. De vez en cuando Fausto tosía algo en una bola de Kleenex y luego se desplomaba sobre la almohada. Horas después un gallo quebró la atmósfera con el primer canto de la mañana.

—Es hora —susurró Fausto, despejándose la garganta—. ¿Marcelino?

—¿Señor?

—Ah, creí que te habías ido. —Fausto jaló el cordón de la lámpara. La misión de este día requeriría cierto detalle, algo que reclamara deferencia, que lo distinguiera como caballero. ¿Qué se pondría? Las chanclas no eran nada fuera de lo ordinario. Los pantalones, aún planchados, no valían la pena. ¿Y un sombrero? Eso sí. Como le faltaba su bordón, un sombrero estaría muy bien.

Sacó del clóset un sombrero zarrapastroso para el jardín. Le sacudió el polvo del ala y se lo puso de ladito en la cabeza. En el espejo de la cómoda parecía casco de cazador y ¿quién se iba a dar cuenta que era de paja? Paciente, Marcelino esperó a que su anfitrión se pusiera la demás ropa con torpeza.

—¿Me puedes amarrar esto? —le dijo Fausto, enseñándole las borlas de la capa—. Yo no veo muy bien.

Tostó dos trozos de pan de centeno en la cocina, luego preparó una olla de Sanka doble. Antes de sentarse a comer, descubrió la jaula y llenó de alpiste el comedero de Tico-Tico. Marcelino se hincó junto a la jaula y muy dulcemente divirtió al pájaro con su flauta. Tico-Tico estiró la pata y abrió un ojo.

—Le voy a dar un poco de anís —dijo Fausto—. Eso casi siempre ayuda. —Quitó la botella de licor del gabinete de arriba del refrigerador, le tentó el pico cerrado con un dedo mojado y le echó al trastecito de agua una cucharada de anís. El periquito brincó del palo de arriba al borde del trastecito. Se miró en el platito un instante, luego abrió el pico azulado y quiso chirriar.

—¡Qué bien, Tiquito! —Fausto explicó que al pájaro le habían sacado un tumor de la garganta y que, desde entonces, no había dicho palabra—. Pero —dijo Fausto arrastrando los pies hasta la cocina—, creo que eso lo está usando como excusa. —Prendió el horno y dejó la puerta abierta—. Por favor come. Yo todavía tengo que hacer que las piernas se me despierten. —Fausto se levantó el kimono por encima de los pantalones y el calor pronto penetró la tela de los muslos y de las nalgas. En seguida se dio la vuelta para calentarse el otro lado. Mientras tanto Marcelino permanecía en cuclillas al lado de la jaula mascando el pan y tomando el Sanka.

—Creo que tienes razón —dijo Fausto—. ¿De qué sirven las sillas si no las puede usar uno? ¿No sé qué haríamos nosotros si no hubiera sillas? —Soltó la bastilla del kimono, se sentó a la mesa y fijó la vista en el reflejo gris que se veía entre las cortinas. Más allá de su cara la encorvada figura de una mujer de negro iba luchando por llegar a misa de seis—. Bajaríamos las ventanas tal vez . . . —Fausto vio a la mujer perderse en la niebla—. ¿Marcelino?

—¿Señor?

—¿Te parezco viejo? —Fausto entiesó la espalda, esperando alcanzar una brizna de juventud en la punta de la barbilla.

Marcelino observó aquella actitud. —Casi . . .

—¿Casi?

—Bueno, quizás no tan casi. Todavía te quedan unos años.

Fausto alzó de la taza las sopas de pan tostado y sorbió ruidosamente. —Algunos . . . algunos días, ¿verdad?

—Si te molesta tanto, ¿por qué no le haces la lucha al remedio de mi tío Celso?

—¿Duele?

—Si no funciona, sí, y después te mueres como todo mundo.

—Nada funciona.

—Dicen que le mete vida nueva al mentado esqueleto.

—¿Y qué le sucede al resto de mí?

—Ah, a eso también.

—Así que ¿qué hago?

—Si mal no recuerdo . . . Celso principiaba con una bolsa de piedras de tamaño parecido. Se toman las piedras y se hace un montoncito, tan alto como se pueda, hasta que ya no se puede colocar arriba otra piedra sin que se caiga todo. Y luego la parte más difícil . . . si de veras crees poder, instalas una última piedra encima. Si se mantiene sin caerse, serás tan fuerte como la última piedra. Nada podrá tumbarte.

—¿Y qué si tiembla o hace un poco de viento o algo?

—Entonces se caerá todo.

—¿Todo?

—Todo.

Fausto guardó silencio mientras se acababa el Sanka. —No sé —dijo cuando llevaba la taza y el plato al fregadero—. Me parece arriesgado. Dime, ¿le funcionó este remedio a tu tío?

—No, la lluvia se llevó las piedras.

—Claro.

—Dicen que murió contento. Los pájaros ya le habían sacado los ojos pero todavía se le podía ver la sonrisa.

Mantuvieron silencio. Con el dedo, Fausto dio golpecitos en el borde de la mesa, levantó las migajas y las echó en la jaula. —Oye, Marcelino, me gusta la idea, pero mi montoncito de piedras estará bajo la casa . . . por si llueve.

La luz del día penetró la neblina y a Fausto le iluminó su torre de vida. Marcelino lo felicitó y le dijo que aquello había requerido algo más que pericia, que la había construido la valentía.

—Y nada de chapuza —agregó Fausto—. Fue precisamente como me lo dijiste, había que creer que podría hacerlo.

Ambos se sacudieron la arena de las manos, se quitaron los granos mojados de encima de la ropa e iniciaron la caminata al Elysian Park. Después de lo que pareció horas, dejaron el Stadium Way y siguieron un camino angosto, lleno de hoyos y sin banquetas. A la primera vuelta del camino se encontraron con dos hombres que estaban descansando tras una barricada. Eran unos jóvenes negros de uniforme caqui y raya planchada desde las bolsas de la camisa hasta las valencianas de los pantalones. El más alto acababa de referir cómo su esposa podía recibir el radio de la policía de caminos con una muela.

—¡El dentista le insertó un pedazo de fierro y ahora ella quiere que se lo apague!

El chaparro se rió y cambió la estación del radio. De lado vio llegar sujetos extraños. —Mira esto.

Fausto se arrimó primero, Marcelino se mantuvo unos pasos detrás. —Buenos días, caballeros —dijo al levantarse el sombrero.

—Buenos días —dijo el más alto y guiñó el ojo.

—¿Podemos pasar?

—Depende. ¿Es amigo o enemigo?

—¿Enemigo?

—Enemigo, ¿eh? —El hombre alto miró a su compañero—. ¿Lo arrestamos?

—¡Quise decir amigo! —dejó escapar Fausto.

—Ah, entonces . . . Váyase por ese camino, buen hombre.

—Sí, gracias. Vente, Marcelino, ya nos salvamos.

Ambos guardias echaron atrás la barricada de madera y se les cuadraron al dejarlos pasar.

—¿Por qué están tan negros? —preguntó Marcelino cuando habían caminado un poquito.

—¿Qué? ¿Nunca habías visto gente negra?

—No. Mi prima Aurora es muy morena, pero nunca fue negra.

—Pues no creas lo que ves. No se pintan. Así nacieron: negros.

—¿Y no les duele la quemada que traen . . . ?

—No, no les duele.

Fausto le siguió explicando que los primeros europeos que llegaron a las Américas creyeron que algunas personas que vieron en la costa tenían cola y vivían en los árboles.

—¿Colas?

—Sí, y largas . . . aquí entre las piernas.

—¡Señor!

—De veras. Hasta dijeron que algunas personas eran verdes y vivían bajo la tierra. ¿Sabes? Ése fue Ponce, era medio tonto.

—¿Debajo de la tierra? ¿Y cómo respiraban?

—No sé, a Ponce le gustaba inventar cuentos. Y si eso te parece raro, en la Patagonia dijeron que habían visto gigantes de pies enormes y que en invierno, cuando no había comida, los gigantes se comían a sus hijos.

—Ésos son cuentos de locos.

—Lo sé, pero el mundo está lleno de locos.

Entraron a la ciudad por el arco principal. La gente, negra en su mayoría, se hacía bolas por el callejón y contra las paredes. Marcelino se detuvo a ver un juego de dados. Por detrás de los tahúres, un mulatote levantó un pollo por el pescuezo. Junto a él, otro hombre desenredó una gruesa víbora.

—Y más allá —dijo Fausto—, aquella mujer está vendiendo a su hija.

—Pero, ¿por qué?

—Por dinero.

Marcelino observó las restantes caras negras. Algunas traían cicatrices y decían palabras que él no entendía. Le hubiera gustado tocarles la piel y el pelo.

—Ven, vamos a ver qué hay adentro —dijo Fausto.

Desfilaron entre los cuerpos encuclillados y pasaron bajo el arco. Dentro de la muralla de la ciudad se toparon con una plaza casi vacía. Fausto vaciló al inspeccionar la arena parejita recién extendida. El olor a pintura le llenó la nariz y, al mirar hacia arriba y a un lado de la muralla, reparó en un poste de teléfono disfrazado de palmera.

—¿Dónde estamos? —preguntó Marcelino.

—No sé . . . Colombia . . . Trinidad . . . Santa Marta, no sé. Creía que reconocería algo, pero todo es un poco distinto . . .

Desde un edificio como establo que estaba al otro lado de la plaza, apareció un grupo de negros descamisados seguido de un hombre blanco a caballo. Cuando el grupo se hubo reunido en la calle, los negros se amontonaron para escuchar al blanco, de vez en cuando la multitud gritaba y blandía sus machetes al aire. El destello del acero metía terror en los ojos de Marcelino.

—Creo que esperan nuestra llegada —dijo Fausto arreglándose tranquilamente los pliegues de la capa—. ¿Quieres tocar algo en la flauta? Podría impresionarles.

Marcelino puso caña hueca en labios secos pero sólo pudo sacarle un tímido chillido. Caminaron hacia el grupo. Cuando llegaron al centro de la plaza, un pelón de chaqueta de cazador gritó desde el techo del establo. El caballo respingó y se viró contra los machetes. El de la chaqueta gritó de nuevo, ahora con una bocina.

—Inglés —dijo Fausto. Marcelino asintió y prosiguió con sus chillidos.

—¡Saca a ésos de allí! —gritó el de la chaqueta—. ¿De qué andan disfrazados, pues?

El caballo entró a la carga en la plaza. Fausto aguardó, luego levantó la mano antes de que el animal pudiera parar. —Caballero, permítame presentarme . . .

—¡Lárguense! Que no ven que . . .

—Y, ¿a quién tengo el placer de dirigirme?

El jinete desmontó y tomó a Fausto de la mano. —Ya es tarde —dijo—, y todo el mundo quiere ser galán, pero hoy no se puede, mi estimado. ¿Está bien?

—Caballero, soy Don Fausto Tejada, y éste es mi compañero Marcelino Huanca.

—Y yo soy Marlon Brando. Mire, váyanse a ese edificio y esperen. Cuando termine la revolución pueden salir.

—¿Revolución?

—Sí, sólo nos falta una toma y luego se acaba todo. Así que sea buena gente y espérese allí dentro.

—Claro . . . Creo que me he equivocado de lugar, Marcelino. Ya no toques música.

—Encárgate de ellos —le gritó el hombre a una mujer que traía puestos unos Levis cortados y unos tenis. Fausto y Marcelino fueron llevados a un cuarto lleno de humo y se les ordenó sentarse. Los rodeaban perchas de ropa, mesitas con espejos y al centro, junto a los catres, estaba una mesa con hielo, cerveza, ginebra y vasos de cartón.

—Te equivocaste de período —le dijo la mujer a Fausto—. Estamos en el siglo diecisiete. —Volteó con Marcelino—. Y eso que traes está definitivamente fuera de onda. Como sea, no estamos filmando indios.

—Es peruano —dijo Fausto.

—¿No me digas? —Trazó un círculo en el aire con el cigarro enseñando el sobaco mojado—. Yo soy de Oklahoma . . . ¿Por qué me miran así?

—¿No le molestaría? No he fumado en todo el día.

—Perdón, es que el primer día es de la fregada.

—No. ¿Me regala uno, por favor?

—Claro, toma éste. —Prendió otro para ella—. Y, ¿qué papel les toca en esto?

—Ninguno. Es que no nos dejan irnos.

—Creía que eran pordioseros. Hay algunos de ésos, sabes.

—Señora, ¿nos ve facha de limosneros?

—Bueno, pues yo soy una puta.

—Señora, somos visitas.

—También, la hago de florista, como lo hice ayer.

—Esperaba que nos respetaran.

—No seas tan delicado. Un día limosnero, otro soldado. Y no me llames señora. No soy más que una puta.

—Señorita, ¿bajo qué órdenes nos tienen detenidos?

—Nadie los tiene detenidos. Tranquilícense, tómense algo.

Fausto se había chupado hasta el filtro mientras que Marcelino, agarrado de la orilla del catre, miraba la gente rara de alrededor. Todos eran gigantes, hasta las mujeres. Todos menos el enano barbón que hacía ejercicios solo en el rincón. Marcelino se quedó mirando las piernas breves y regordetas y preguntándose por qué ese hombre no había crecido.

La mujer retrocedió, inclinó la cabeza a un lado y entrecerró los ojos, —¿Saben? Ustedes tienen algo, algo realmente auténtico. Pero que los de reparto no los cojan con esa ropa. —Se restregó el maquillaje de la nariz y se alejó—. Quédense por aquí, luego nos vemos.

Fausto se puso inquieto, estaba preocupado por Marcelino. Su amigo se había refugiado en su poncho, mareado del humo, del ruido y con un miedo palpitante de que alguien lo fuera a tirar al suelo. Le temblaban los labios y había cerrado los ojos.

—Vámonos, murmuró Fausto. Mientras nadie los veía, los dos auténticos se levantaron y caminaron despacio hacia la puerta de perillas de latón. Afuera ya había empezado la revolución. Mantente cerca de mi Marcelino, y pase lo que pase que no te vayan a matar.

Salieron del edificio y se hicieron paso por una tormenta de cuerpos que se batían y gritaban. De repente la bocina gritó: —¡Corte!

Pero el pleito había empezado jalando a hombres y caballos hacia una locura ciega que no podía concluir más que en victoria o derrota. Caían los insurrectos, la sangre chorreaba a borbotones sobre la arena limpia, se había perdido la plaza, estaban rodeados y la voz de arriba seguía gritando —¡corte!, ¡corte!, ¡corte!

Marcelino había tropezado con un caballo caído y empezaba a levantarse.

—¡Quédate tirado! gorgoreó un hombre con una lanza clavada en el estómago; la sangre brotándole de la boca.. Estás muerto, dijo desplomándose.

Marcelino dio un brinco y salió corriendo detrás de Fausto. Una fila de hombres de saco azul y sombrero negro reluciente embistió por debajo del arco. —Para allá, dijo Fausto. Le agarró la mano a Marcelino y los dos, dando de tropezones, salieron del set bajo los puntales de la escenografía y se escaparon metiéndose a un escusado portátil. Largo rato se apiñaron uno contra el otro y escucharon los disparos y el clamor de la batalla.

—Creo que estamos a salvo, dijo Fausto. Vámonos.

Los prófugos huyeron por el estacionamiento, pasaron el puesto de refrescos y se metieron al bosque. Muy pronto llegaron a la antena de televisión que dominaba el parque. La niebla se había vuelto esmog para descubrir el contorno oscuro de los muros altos de la ciudad. Los dos hombres se recargaron contra la malla ciclónica.

—Lo siento, dijo Fausto, mientras resollaba con frágil estridencia. Había sido una trampa. —Debí entenderlo cuando vi el poste de teléfono . . . Cartagena es encantadora y respetan a los visitantes.

Marcelino se quitó su gorro de chullo y se secó la frente. —¿Por qué peleaban?

—Están filmando una película.

—¿Qué es eso?

—Es un retrato de gente que se mueve.

—¿Hablan también?

—Todo. Hacen todo lo que nosotros hacemos . . . hasta se pelean.

La pesadilla se arremolinó en la cabeza de Marcelino; vio al enano levantar pesas, al moribundo vomitar sangre, los machetes que tajaban a los gigantes güeros y azules.

—Pero hay algo que nos distingue de ellos —dijo Fausto—. Nosotros podemos salir de la película. Ellos no. Están atrapados.

—¿Estaban muertos los hombres que estaban tirados en la tierra?

—No, sólo parecía que estaban muertos.

—Y, ¿la sangre?

—Pintura, pintura colorada.

Marcelino se sentó en el suelo y sacó la flauta.

—Todavía no —dijo Fausto—. Estamos demasiado cerca.

—Quiero llamar a mis alpacas.

—Espérate, después las buscamos. Déjame descansar un rato.

Fausto habría podido contar sus palpitaciones. Eran fuertes y convulsas, como si su corazón sintiera coraje por no poder salir.

—Aún te tengo. No puedes dejarme todavía.

—¿Qué?

—Nada. Le hablaba al corazón. Pobrecito. Ya no se aguanta las ganas de salir.

—Señor, ¿te has olvidado?

—¿De qué?

—Del remedio.

—Marcelino, iba a preguntarte . . . ¿no debiera sentir algo ya?

—Todos somos diferentes. A veces el remedio tarda más con unos que con otros y a veces sólo te ayuda en una parte . . . el hígado, la espalda, los ojos. Todo depende.

—Pero, ¿no me habías dicho que todo el cuerpo?

—Señor, yo no soy experto en estas cosas. Yo nomás digo lo que me dijeron.

Fausto se palpó las sienes con los pulgares y caviló sobre sus probabilidades de supervivencia. ¿Qué no haría con unas piernas jóvenes? Nada, si todo lo demás lo tenía viejo. ¿Un corazón nuevo? Suato . . . Si la cabeza y las verijas las tenía tan secas como esas hojas tiradas en el suelo. Si fuera enteramente nuevo, fresco y fuerte como este Marcelino, o como Mario, ¿qué haría entonces? ¿Vender libros? ¿Se casaría con la hija del ranchero de Chihuahua, Evangelina moriría igual de pronto, se haría viejo, se cansaría y estaría solo otra vez? No, eso ya no, por favor . . . Tal vez lo mejor sería simplemente tener cerebro u ojos nuevos. Entonces podría ver el mundo como debiera ser, aunque sólo fuera por unos meses, por unos días. Sí, eso me gustaría. ¡Cómo me gustaría tener ojos nuevos!

—Marcelino, ¿puedo escoger?

—¿Escoger qué?

—La parte que quiero que se me renueve.

—Es cuestión de suerte.

—A lo mejor no pasa nada, ¿verdad?

—A lo mejor . . .

A duras penas, Fausto se levantó y miró el horizonte lleno de esmog que estaba a unas cincuenta yardas. El velo gris se abrió y apareció la nubecita de nieve. Con saltos ágiles trepó la antena de la estación que estaba encima de ellos. Y allí se quedó, haciéndose cosquillas rojas con el faro para aviones.

—Quién sabe —dijo Fausto— tal vez tenga suerte.

siete

Esa misma tarde cuando Fausto ya había dejado a Marcelino con las alpacas, los nietos de la señora Noriega descubrieron a David en el arroyo seco. Los niños se dieron cuenta de que el joven estaba totalmente muerto. Lo estuvieron observando por mucho tiempo desde atrás de un haz de tules. Su cuerpo yacía tan quieto que ni un ratoncito que le hurgaba una fosa de la nariz sospechaba nada. La niña se acercó primero; a sus dos hermanos los dejó atrás. David tenía la frente lisa; los ojos azulgris entreabiertos; el cabello despeinado y arenoso; su piel morena relucía, limpia y mojada; todo lo demás lo traía también mojado, la camisa rota y los pantalones remendados.

—Se ahogó —dijo la niña.

Los niños corrieron a ver de cerca al muerto por primera vez. David resultó ser más o menos lo que esperaban, menos el diente de oro de enfrente y un lunar bajo una patilla. Todavía no se llamaba David; eso ocurriría después, cuando los demás se enteraran. David se llamaba un niño que se había ahogado hacía años cuando Cuca predijo que no iba a llover y sí llovió y se desbordó el río y se llevó al pequeño David hasta el fondo o para el mar, nadie supo porque no habían encontrado más que la tina que usaba como nave.

—¿Cómo pudo haberse ahogado? —preguntó un niño—. No hay agua.

—Pero sí se ahogó —dijo la niña—. Míralo.

—¡Yo voy a avisar! —dijo el otro niño, haciéndose para atrás. Corriendo, los niños atravesaron la arena seca y la piedrita, treparon la orilla de cemento y desaparecieron tras el dique. Antes de que llegara la turbamulta de vecinos, la niña le limpió la cara al muerto con la bastilla de su falda, le acomodó la ropa lo mejor que pudo e intentó quitarle la arena del pelo. Le levantó la cabeza a David, hizo una zarpa con la mano libre y le rastrilló el pelo negro. Tenía liso el cráneo por arriba y sólo algunos chichones sobre la nuca. Finalmente le hizo la partidura por el lado derecho y le recostó la cabeza en su regazo.

Tiburcio y los niños fueron los primeros en llegar a donde estaba ella, seguidos de Smaldino, el pescadero, y de los otros hombres. Casi todas las mujeres aguardaron en el dique hasta que Tiburcio indicó que estaba bien, que el hombre estaba muerto. Carmela primero ayudó a la señora Noriega pues sus nietos eran los que habían descubierto a David. Luego ayudó a las demás señoras mayores. La señora Rentería, que parecía más emocionada que el resto, sugirió después el nombre de David.

Algún tiempo estuvieron discutiendo cómo habría muerto. No tenía moretones ni había sangrado, sólo tenía la piel un poquito hinchada, particularmente en las manos. Alguien dijo que debían quitarle los zapatos y los calcetines.

—No —dijo Tiburcio—. Déjenlo en paz, ya ha sufrido bastante. Después van a querer quitarle la ropa.

No le hicieron caso a Tiburcio; al quitarle los zapatos se vació un poquito de agua y arena. Ambos calcetines traían agujeros en los talones y los dedos gordos.

—¿Y los pantalones? —preguntó alguien.

Así descubrieron que al hombre no sólo le faltaba el dedo chiquito de un pie sino que también tenía enterrada una garrapata grande en el muslo derecho y que tenía una larga cicatriz que le llegaba de la cadera al ombligo.

—¿Ya están contentos? —preguntó Tiburcio.

Todos guardaron silencio. No había duda de que David era el joven más guapo que jamás hubieran visto, cuando menos al desnudo como estaba ahora. Nadie parecía sentir la más mínima vergüenza ante aquella forma perfecta de varón; era como si se hubiera colocado una escultura entre ellos y cada uno se quedó observando la parte que más admiraba. A algunos hombres les provocaba envidia el ancho pecho, la mandíbula angular o el pelo tupido y chino; las mujeres, su mayoría, reparaban en los gruesos labios medio abiertos, los brazos bronceados, las piernas largas y fuertes y, por supuesto, el oscuro bulto blando con su dedo de vida echado hacia abajo con la cabeza al cielo.

—Lástima que se perdió el dedo del pie —dijo Tiburcio—. Y, ¿qué hacemos con la garrapata?

La señora Rentería prendió un cerillo y lo acercó a la bolsa blancuzca hasta que salió el insecto. Se escucharon los uyes y los ayes, y la niña que había peinado al muerto empezó a llorar. Carmela miró para el dique con ansias de que su tío se apurara.

Todos acordaron que se trataba de un ahogado. Sólo los niños recordaron que el río iba seco pero no dijeron nada; escucharon a sus padres hablar de lo que debería hacerse con el muerto.

Smaldino ofreció su hielera. No, dijeron las mujeres: David quedaría rígido, la lisura de la piel que parecía viva se tornaría azul y tiesa. Alguien luego sugirió que llamaran a Cuca, tal vez ella sabría cómo conservar al muerto. Cuca tenía remedios para todo, a lo mejor también tendría uno para David.

—¡No! —gritó la señora Rentería cuando ya no se pudo controlar—. ¡Se va a quedar conmigo! —Todos le decían señora por respeto, aunque sabían que a veces la palabra lastimaba a la pequeña y regordeta mujer que nunca se había casado ni había gozado el amor de ningún hombre. Ella había rodeado su casa de flores y trabajaba seis días a la semana cambiando sábanas y patos de orín en el County General—. ¡David es mío! —gritó para que todos la oyeran.

—¿David? —preguntó Tiburcio—. ¿Desde cuándo se llama David? Mejor parece un . . . —Tiburcio le miró la cara al hombre—. Un Luis.

—¡No, señor! —gritó otra voz— Roberto.

—¡Qué Roberto, Robert!

—Antonio.

—Henry.

—¡Lupe!

Alex, Ronnie, Armando, Trini, Miguel . . . Todo mundo proponía algún nombre.

Mientras tanto la señora Rentería se apartó de sus vecinos, quienes, uno a uno, se alejaron a discutir el asunto. Ella se arrodilló un rato junto a David. Luego se levantó y exprimió los grises calzones mojados y empezó a meterle los pies por los agujeros de las piernas hasta por fin jalar el elástico por sobre las rodillas hasta los muslos. Pidió que le ayudaran pero nadie pareció escucharla. Así que, con el arrojo fortalecido por años de soltería, volteó a David de un lado y luego del otro hasta que finalmente le subió los calzones hasta la cintura. Hizo lo mismo con la demás ropa y terminó de vestirlo ella sola.

Cuando los otros regresaron, nadie notó el cambio pues David era igual de guapo vestido que desnudo. —Tienes razón —anunció Tiburcio—, se llama David . . . de todas formas, no puedes quedarte con él.

Para entonces apareció Fausto seguido de un tipo muy chido ajuareado de una camisa negra reluciente y pantalones de caqui. Mario le había regresado el azadón y ahora le ayudaba al viejo a pasar por encima de las piedras y los vidrios rotos. Fausto le cerró el ojo a su sobrina pues al instante se dio cuenta entera de la situación. David era un mojado.

No, no se había equivocado. ¿Acaso no había cruzado él, Fausto, por lo menos a una docena de jóvenes desde Tijuana apretujando uno por uno en la cajuela del carro? Claro que Fausto lo había reconocido, pues aun después de que estos hombres encontraban trabajo, meses después, regresaban a la casa ajuareados de su ropa nueva pero siempre del mismo estilo. Tal vez Fausto no haya podido reconocer tan al tiro a las mujeres ilegales, pero a los jóvenes como al David ese, los pescaba volando.

—¿Y cómo lo sabes? —preguntó Smaldino.

El viejo levantó su bordón y apuntó al diente de oro, al corte de pelo, la etiqueta del cuello de la camisa, la valenciana angosta de los pantalones y los zapatos punteagudos de tacones altos. —Ahí está todo. ¿No crees que reconozca a un mojado cuando me lo topo? —Le cerró los ojos al muerto como un último gesto—. ¿Qué van a hacer con él ahora?

—Toto —dijo una vocecita desde abajo; la niña jaló la capa de Fausto—. Toto, ¿me lo das?

—No, mija, ya está muy viejo para ti.

La señora Rentería repitió su reclamo antes de que los demás pudieran poner reparos, Fausto alzó la voz y preguntó ¿cuál mujer entre ellas tenía tanta necesidad de un hombre como para aceptar a un muerto? —Contesten. Díganme cuál de ustedes puede darle a este hombre todo su amor, su alma, todo lo que es. ¿Quién de ustedes sino la señora que no tenga a nadie?

Las señoras miraron a sus esposos y las muchachas y las solteras esperaron en un pesado silencio.

—Entonces, está decidido —dijo Fausto con autoridad inusitada—. Tú, Tiburcio, Smaldino y tú, Mario, llévense a este hombre a la casa de ella.

—Ey, yo no agarro a ningún muerto —dijo Mario.

Carmela dio un paso adelante. —Ahora sí está claro, andas por ahí robándote los carros pero que no se te ofrezca ayudar a uno de los tuyos.

—Está suave pues —murmuró Mario—, pero nomás una vez y ya estufas.

Esa noche se apeñuscaron tantas visitas en la pequeña casa de madera al lado del río que los que llegaron tarde tuvieron que hacer cola en el patio de enfrente para poder entrar. Hasta Cuca, con las medias enrolladas hasta los tobillos, tuvo que esperar.

La señora Rentería había bañado y rasurado a David, le había cortado el pelo y le había polveado ligeramente las mejillas. Traía puesta ropa nueva (donativo de Mario) y estaba sentado en un sillón reclinable de lustrosa baqueta boleada. Los vecinos pasaron en fila y uno a uno saludó de mano a la mano manicurada; cada quien lo felicitaba o le hacía alguna broma de buen gusto acerca de aquella primera noche de bodas. Casi todos regresaron por segunda, tercera y cuarta vez para echarle una ojeada a aquella joya de virilidad que tal vez no sobreviviría un día más de caluroso verano.

Como cualquier novedad, era cuestión de que pasara un tiempo para que David dejara de ser útil, hasta que las colonias y los esprays no pudieran cubrir ya la realidad, hasta que los curiosos se quedaran afuera optando espiar por la ventana cubriéndose la nariz, hasta que las mujeres recularan para el patio, hasta que los hombres dejaran de estar pasando en el carro a fin de echarle un ojo desde la calle, hasta que, por fin, sólo quedara la señora Rentería presenciando el final.

Afortunadamente ese oficio era solitario. No había asistido al hospital durante varios días. Se le había olvidado el trabajo y pasaba las horas de sol a los pies de David escuchando, hablando, revelando sus secretos. Ni una sola vez le había él notado las manos manchadas, el cabello encanecido, ni la cara común y corriente, sin chispa. Por las tardes acaloradas David la llevaba del brazo a pasear por los exuberantes jardines de su casa de allá lejos por el sur. Le daba a comer dulces, le regalaba flores y por fin le habló de lo eterno y de una brisa que no fenece. Por las noches ella se le arrimaba vestida de sueño, un ramito de jazmín en el pelo, y luego se quedaba acostada a su lado hasta el amanecer pendiente de cada caricia o susurro.

El tercer día Fausto supo que la luna de miel había terminado. A salvo en el parque debajo de la antena de la estación, Marcelino, el pastor, ya había alzado la flauta para tocar la primera nota luctuosa.

—Señora —Fausto tocó la puerta—, ya es hora de que David se vaya.

La señora Rentería salió de la cocina haciendo bulla, con el pelo descuidado, enredado y suelto, sólo cubierta con una bata.

—Llegaste tarde —dijo sonriendo—. Se murió esta mañana . . . hace como una hora.

Fausto se fijó en sus ojos completamente secos que obviamente le brillaban con algo más que pena.

—¿Se murió?

—Sí —dijo orgullosa—. Creo que se nos pasó la mano en el amor.

Fausto tuvo que retroceder sobre los escalones por el fuerte olor a muerte. —Señora, yo me lo llevo con gusto. Yo me encargo, ahorita vengo. —Se dio vuelta rápido y arrastró los pies hasta la acera.

—Espera —gritó ella—. Ya se fue.

—Sí, ya sé pero me lo voy a llevar.

—A eso mismo me refiero, un chaparrito de gorrita se lo llevó poco antes de que llegaras.

—¿Un chaparrito . . . ? ¿Traía un poncho?

—Sí ése mismo.

—Está bien, señora, a su David se le hará el mejor entierro que haya.

La señora Rentería le dijo a Fausto que había insistido en acompañarlo pero que Marcelino no había querido.

—No se apure, nosotros lo cuidaremos. Se cuerpo se va pero el alma . . .

—Ya lo sé, su alma está aquí . . . en mi corazón.

—Qué bueno, guárdeselo allí porque, si lo pierde, cuidado con las otras mujeres.

—Nunca me va a dejar, verás. Me dio su palabra. —De entre sus senos sacó un papel doblado y miró las palabras garabateadas allí. Fausto asintió con la cabeza y luego le preguntó si había algo que él debiera decir en el entierro. —¿Alguna oración . . . algún poema?

La señora Rentería le respondió con un movimiento de cabeza y, por un momento, los ojos brillantes se perdieron en la distancia, por allá sobre Glendale. Luego cerró la pesada puerta de madera, echó ambas cerraduras y bajó las persianas de atrás de la ventana saledíza.

Pero a David no lo enterraron. Se había ido del Elysian Valley en mejores condiciones que en las que había llegado. A un hombre tan perfecto no se le debía enterrar, dijo Fausto a Marcelino. Y dirigido por el pastor que se valía de un conocimiento más antiguo que el primer Inca, que el primer Tarahumara, el viejo restauró muy cuidadosamente a David a como había sido antes. Hasta el dedo que le faltaba le repuso.

Ya noche, la restauración estaba casi terminada. Sólo faltaba hacer una cosa. Carmela llevó la jarra de agua al jardín y le mojó la ropa al muerto, los harapos que traía puestos cuando lo encontraron.

—Más agua —dijo Fausto. Mario había mirado la transformación totalmente fascinado. Ahora él tomó la jarra y saltó para la casa. David tenía más o menos su misma edad, pesaba más pero habrían podido ser hermanos. Y desde que la señora Rentería se lo había apropiado, Mario había admirado más al joven mojado por su confianza callada. Qué vato tan de aquéllas, pensó Mario mientras vaciaba la jarra de agua sobre el cuerpo del muerto.

Luego Fausto pidió el huevo, un huevo seco de quetzal que Mario se había clavado del salón de ornitología del Exposition Park.

—¿Y eso para qué es? —preguntó Carmela.

—Ah, es que una vez Cuca me dijo: Si haces esto, —y en ese momento Fausto le tocó ligeramente el huevo sobre los labios al muerto—, trae buena suerte. Yo no lo creo, pero por si las moscas . . . Fausto se echó para atrás y examinó su labor bajo la luz del porche. —Mario, levántalo.

—¿Qué pues, ése? ¿Que no ya estufas?

—Casi. Pero haz lo que te digo.

Mario luchó con el cuerpo y al fin se lo echó al hombro. Carmela abrió la verja.

—Quédate aquí —le dijo Fausto.

—¡Tío! —gritó cuando ya los hombres se habían adelantado en la oscuridad.

—¿A dónde lo llevan?

—Río abajo —apenas oyó la respuesta— donde otros puedan encontrarlo.

ocho

Después, cuando ya se habían ido Mario y Marcelino, y Jess ya se había llevado a Carmela al cine, Fausto en silencio echó a andar su propia representación de los ires y venires de David. ¿Habría muerto de un corazón débil como dijo la señora Rentería? ¿Era bueno el joven mojado porque estaba muerto, o estaba muerto porque era bueno? Algo lo tuvo que haber matado.

Fausto escuchó el latir de su propio corazón debilitado. Reanimado prendió otro cigarro y pensó que no importaba mucho la cuestión pues otros mojados como David seguirían yendo y viniendo —muertos, vivos o a medio morir— sin importarles un pito lo que el mundo pensara que debían hacer. Miles, cientos de miles de personas estaban esperando para darle una probadita, echarle un ojo al paraíso. O simplemente conseguir trabajo.

Claro, pensó Fausto, eso es. Si su esposa no se entrometía, ¿qué mejor guía iban a encontrar que alguien como él que sabía y podía explicarles acerca de la vida y la muerte en los Estados Unidos? Que además pudiera pasarlos al otro lado con elegancia. Nada de esconderse ni de escalar cerros como perros salvajes.

Sería una maniobra decente, respetable, con un plan sencillo. Fausto había estado fijando la mirada en las grietas del techo. La última mano de pintura se había escarapelado formando apenas globitos y agujeros dentados que atrapaban la luz del corredor. La superficie opaca estaba cubierta de vagos diseños, pequeños surcos, valles, planicies, montañas y litorales.

Observó el mapa con la esperanza de que sus barcos hubieran llegado bien al puerto. Eran barcos fuertes, fabricados con los mejores maderos de Durango. Ahora mismo esperaban el arribo de su capitán en Venice o Malibu, donde fuera mejor. Fausto ordenaría a sus capitanes levar anclas antes de la marea matutina. Luego zarparían a los puertos del poniente mexicano y llenarían sus bodegas con todos los hombres hambrientos y desesperados que estarían listos para embarcarse sin más pago que una promesa.

—Fausto, ¿qué estás haciendo?

Fausto echó un ojo por sobre la sábana y vio a su esposa parada en el umbral de la puerta.

—Estoy pensando —dijo.

—Si estás pensando lo que yo creo . . . ya no pienses. No aguantarías ni un solo día.

—Claro que aguanto. —La miró acercarse—. Lo tengo todo planeado, Eva.

—Ni un solo día. ¿Te acuerdas cuando fuimos a Catalina? Ya te habías mareado antes de que el barco saliera del puerto, te digo que no aguantas ni una hora.

Fausto dejó caer la cabeza sobre la almohada. Tenía razón, pero le disgustaba que llegara cuando ya había terminado todos los preparativos: las provisiones, las tripulaciones, los permisos de turista, todo, hasta un pergamino "a quien corresponda" que había firmado con grande rúbrica y rematado con un blasón de su propia hechura. Pero ahora ella había venido, unos minutos más y ya iría navegando para el sur—suroeste a toda vela y con fuerte viento en popa.

Evangelina se sentó en la cama y buscó las nudosas manos frías bajo la sábana. —¿Por qué no te quedas en casa a descansar como dice Carmela?

—Eva, hay muchísimo que hacer. Y, ¿para qué tengo que descansar? Si no he hecho otra cosa los últimos seis años.

Le tocó la frente y luego le hizo cosquillas a la oreja grande como un ala. —Ya deja de pensar en eso.

—A ti se te hace fácil decirlo, como no eres la que se está muriendo.¿Acaso sé yo si se cae esa piedra de abajo de la casa? Puede suceder en cualquier momento.

—Está bien, pero no te acerques al agua, ¿entiendes?

Fausto asintió con la cabeza.

—Y pase lo que pase, tómate tus píldoras.

—Píldoras, píldoras, píldoras, son de puro azúcar todas. . . . Sabes, me cayó bien el doctor Ramírez. Me dio unos puros.

—Fausto, él ya murió.

—Sí, ya sé, pero estaba pensando que habría sido mejor si Chávez se hubiera muerto en vez de Ramírez.

—. . . y no fumes tanto . . .

Fausto se dio la vuelta sobre su lado bueno y empezó a contarse las costillas, tocándose cada hueso mientras escuchaba a su señora hable y hable de sus chanclas, del piso frío, de las corrientes de aire repentinas, de sus alimentos y de una cita con el Doctor Scholl para que le quitara los callos.

—A propósito —preguntó ella— ¿a dónde vas?

—Es un viajecito aquí nomás.

—¿A dónde?

—¿A México? —susurró Fausto.

—¡A México! Y ¿qué sucedió con lo del Perú? Yo creía que querías conocer la Argentina. Son lugares muy bonitos.

—Cambié de parecer. Quiero regresar a México.

—¿Para qué?

Fausto no dijo nada. Se enganchó un dedo en la clavícula y miró el mapa.

—Escondes algo —le dijo ella—. ¿Qué?

Tosió sin necesidad y murmuró algo acerca de las pirámides, de la música y de las leyendas aztecas, hasta que por fin le preguntó si quería acompañarlo.

—¿Yo? No, gracias. Me acuerdo de la última vez. ¿Crees que haya cambiado?

—Yo no dije eso.

—No . . . ve tú, y a ver si no te enfermas de diarrea. No me sorprendería que regresaras muerto . . . , pero es vida tuya. Nomás acuérdate que yo te lo advertí.

Evangelina se inclinó, le dio un beso en la nariz y su bendición. Fausto abrió los ojos y ya se había ido. Se sentía contento de que ella no le hubiera quitado el puro, aunque tampoco la culpaba por enfurecerse ante la idea de viajar a México. Durante el viaje que habían hecho hacía años, se había convencido de que México era para los mexicanos.

Habían estado dos semanas manejando hacia el sur desde Juárez hasta la Ciudad de México. En aquel entonces, tanto los periódicos como la carretera aparecían llenos de los autos de la Carrera Panamericana y el Buick '53 nuevo de Fausto había tomado la delantera desde un principio. A lo largo de la ruta, miles de rostros empolvados estiraban el pescuezo para ver pasar a los choferes famosos, los números grandes dentro de los círculos, los carteles, los eslogans, los equipos de cinematografía, un senador, una estrella de cine. Había nombres extranjeros y palabras como Penzoil, Mobil, Pirelli y Goodyear; hombres altos con mujeres güeras; bandas musicales en todas las plazas y desfiles de niños uniformados que blandían serpentinas verdes, blancas y rojas.

Fausto manejaba mientras Evangelina se aguantaba y la pequeña Carmela jugaba con un cordón o leía cómics en el asiento de atrás. Aunque su Buick no aparecía registrado oficialmente en la carrera —sólo por no querer pagar la entrada, todo mundo lo reconocía. Al entrar a una ciudad, se recargaba orgulloso y saludaba a la gente que se apelotonaba en las angostas aceras. Ya había anunciado que no se quedaría con el premio en efectivo, que lo regalaría a un orfanatorio o a una escuela para ciegos. Sí, anunciaban a gritos los periódicos, era el chofer sin casco.

No era el Gran Prix pero la carrera requería toda la destreza y la valentía de un profesional, un campeón verdadero. Eso pensaba al abordar la parada de la Pemex del centro de Querétaro. Saludó con la cabeza a los mecánicos y apagó el motor como si nada. Ya casi terminaba, un tramo más y tenía la victoria casi a mano.

—¡Fausto! Te dije que pararas donde estuviera limpio.

—Perdón . . . Se me olvidó.

A Evangelina le había tocado lo peor. Por toda la carrera le había echado maldiciones a las tazas repletas, a los excusados costrificados que no eran más que agujeros en el suelo con cepillos resbalosos para poner los pies de cada lado, pidiéndoles a todos los santos no caerse, queriendo ignorar las cucarachas de los rincones y de abajo de los montones de periódico sucio y arrugado. Nunca hubo manera de saber qué encontraría tras aquellas puertas, hasta en los mejores hoteles y restaurantes. Evangelina acostumbrada a la blanca limpieza americana, a los azulejos prístinos, a las crujientes toallas de papel y, por lo menos, a un jabón entraba y nuevamente tenía que balancearse sobre otra taza empapada.

—¡Gente atascada! Por eso están como están . . . ¡Qué vacaciones! Tú y tus ideas . . . y mira a Carmela, si no se enferma de tanta mugre será un milagro . . . ¿Ves a esos hombres junto a la pared? Orinando como si no supieran usar un excusado. Ahora entiendo por qué mi papá quiso salirse de este lugar.

—Cálmate —dijo Fausto—. Nos iremos a otro lugar. —Le señaló que no al encargado y despacio le abrió paso a la calle al carro delantero.

—Párate allí —le dijo su esposa cuando se acercaban a una de Pemex nueva—.Ésa parece que está limpia.

Ya para cuando el carro se había acomodado a un lado de las bombas, Fausto había decidido salirse de la carrera. Al cabo no era más que una carrera. Los únicos perdedores serían los huérfanos y los ciegos. Lo que no les tocara ahora, les tocaría la próxima vez que ganara.

Para aguantar, se la pasó cantando lo que le quedaba del viaje, consigo mismo o acompañado de los mariachis del radio. De vez en cuando los acompañaba en un son huasteco largando un falsete hasta que se le quebraba la voz. Carmela le decía que parecía gallo resfriado mientras que Evangelina ignoraba los *cucurrucucúes*, empuñaba sus folletos de viaje y contaba los kilómetros que faltaban para llegar a la capital.

No, no la culpaba, pero, como decía su amigo, México ha cambiado. El año pasado, al regresar de Guadalajara, Tiburcio les describió los edificios nuevos, las luces, todos los autos y los nuevos campamentos para tráilers. —Te digo, Fausto, ya no es como antes . . .

—¿Y qué tal los excusados?

—Sin problema porque nuestro cámper trae baño.

Aunque sólo preguntó por su esposa, pues a Fausto no le importaba que los excusados estuvieran cochinos. Ahora le preocupaban los mojados. Estudió el mapa otra vez. Qué lástima, los barcos tendrían que devolverse, tanto esfuerzo para nada.

El otro plan era más peligroso, ni modo, no le quedaba otra. Afortunadamente Tijuana no había cambiado. Era la misma. Infantes de marina y marineros cruzaban como enjambres los fines de semana, sin que nadie les dijera nada, libres de ir y venir a su gusto.

Fausto se subió al tambo de aceite vacío y escrutó las centenas de caras cansadas y huesudas. Luego, con la mano, pidió el tequila. —¡Óiganme todos! —gritó—. Hagan lo que les digo y los cruzo al otro lado.

Nadie se movió.

—¡Beban! —gritó Fausto—. Tomen hasta que ya no puedan caminar.

Algunos se jalaban los uniformes nuevos almidonados, otros se jurgoneaban los extraños quepis. ¿Podrían confiarse del viejo? ¿Por qué lo haría . . . ? ¿Y de gratis? ¿Sería veneno?

—¿Qué esperan? —preguntó Fausto—. ¿Quieren conocer los Estados Unidos o no?

Los hombres miraron al cielo gris tranquilo o a las filas de casas ordenadas y los verdes carteles de la autopista al otro lado de la frontera. ¿Querría el oro y la plata que traían en los casquillos de los dientes?

—Bueno pues —dijo Fausto—. Voy a contar y si no han vaciado esas botellas para cuando llegue a cien, me largo sin ustedes. Búsquense otro coyote que los pase.

Fausto empezó a contar. Al llegar a setenta y tres ya habían vaciado las botellas.

—Bueno, ahora síganme.

—Un momento —le dijo alguien tocándole el hombro. Fausto no tuvo que adivinar quién era, a Evangelina le encantaba decir la última palabra. Como la vez que lo encontró en la cama con otra mujer, él quería decirle que no había sido más que una idea, un sueño, algo inofensivo, nada como para molestarse. Pero ella no era ninguna tonta. En el instante cuando iba a entregársele con un dulce movimiento natural, su esposa ya había metido la pierna entre él y la joven intrusa. Fausto se retorció y la joven desapareció. —En realidad ella eres tú —explicó Fausto—. Sólo te cambié un poco la nariz y te puse caderas más anchas. —Evangelina sonrió y luego se colocó sobre el fuego del viejo.

Pero ¿qué excusa traía ahora? Había visto su ejército de don nadies —desgraciados, habría dicho— y ¿cómo convencerla de que no eran más que hombres?

—¿Está bien esto? —preguntó ella.

Fausto se encogió de hombros, —¿Quién más puede ayudarlos? —Sabía lo que ella pensaba. Siempre que juntaba los labios, así apretados como para atrapar las palabras, temerosa de que fueran a lastimarlo, cuando arqueaba las cejas dibujadas, pensaba que se le habían trastornado los sesos.

—OK —dijo al oler la brisa alcohólica—, pero debes saber que ya tenemos demasiados mojados.

—Eva, yo sé lo que hago. Además, siempre pueden regresarse.

En aquel momento Marcelino entró bailando al círculo de caras curiosas, levantó la flauta e indicó la fila de garitas de la patrulla fronteriza.

—Ay, Faustito —dijo Evangelina—. Eres el tuerto que lleva a los ciegos, el rey tuerto.

Siguiendo el vivo sonido de la flauta de Marcelino, los hombres pasaron tambaleándose frente a los guardias, despacito, en grupos de dos o tres, a veces solos, hasta que cruzaron todos. Todos menos Fausto quien había despertado la sospecha por su capa, su bordón y tal vez por su piel morena. Le mandaron que esperara en un cuartito austero donde le registraron la ropa y le examinaron detalladamente el cuerpo. —Son callos —le dijo haciendo muecas de dolor mientras que el guardia le metía el instrumento entre los dedos de los pies. Luego, en un inglés estilo Oxford muy exagerado, Fausto recitó el *Gettysburg Address*, el juramento a la bandera y la noticia de la muerte de Franklin Roosevelt. Era una vieja treta, pero cuando escuchó pronunciar el apellido de Roosevelt, el guardia se convenció. A Fausto le regresaron su ropa y le dijeron que se fuera.

—Oiga, ¿dónde se aprendió todo eso?

Fausto se puso los pantalones arrugados, —Antes vendía enciclopedias . . . y ésas son cosas que uno se aprende. Así vendí muchos juegos de libros.

—Bueno, pero no estamos tarados, sabes. La próxima te inventas una nueva.

La marcha continuó hacia el norte. Sólo se toparon con otro problema en La Jolla. Marcelino le había dado vuelta a la columna de hombres sacándolos de la playa y haciéndolos marchar por un campo de golf. La imagen de hombres uniformados que marchaban sobre los greens y por las calles interrumpió los juegos. Los jugadores varones maldijeron el obstáculo adicional y, enojados, salieron a buscar al gerente del club. Pero las jugadoras de partidos de cuatro siguieron sentadas a la sombra de sus carritos eléctricos y comentaban apasionadamente si este o aquel marinero era más guapo. Por fin, el gerente del club irrumpió por la maleza del hoyo diecisiete y exigió una explicación. Fausto se acercó rápidamente, —No hablan inglés.

—¡Qué inglés ni qué inglés! Voy a llamar a la policía.

—¿Qué te dije? —clamó Evangelina sentándose en una trampa de arena caliente.

El gerente ya se iba cuando, de negro como siempre pero ahora de corbata morada, Mario atravesó rapidísimo la calle del campo de golf en un brillante carrito colorado.

—Ése, vato, ¿sabes que aquí en el campo anda el violador de doce mujeres? Puede estar en cualquier lado, ése, y andamos tratando de apañarlo. —Mario estiró las piernas sobre el frente del carrito, se echó para atrás y cruzó las manos detrás de la cabeza—. Órale, diles a las güisas.

—Y tú, ¿quién eres? —dijo el gerente mientras le bajaban los colores de la cara.

—Es un amigo —dijo Fausto.

—¿Tú eres el encargado?

—Sí.

—Pues haz lo que tengas que hacer pero sálganse del área de juego . . . cuando menos de los greens. Ah . . . y ¿cómo es el violador?

Fausto vaciló y luego miró a Mario para que contestara.

—Es inconfundible —dijo Mario—. Es un chaparrito . . . como de metro y cuarto.

—¿Cuatro pies?

—Sirol, ése, no hay que perder tiempo. El vato es buti rápido.

—Bueno, pues a buscarlo pronto —dijo el gerente y retrocedió por la maleza.

—Gracias —le dijo Fausto a Mario al salir del campo.

—Dáselas a Carmela, ella fue la que me dijo dónde andabas.

—Y ella, ¿cómo sabía?

—Dijo que hablaste dormido . . . Algo acerca de la playa y de La Jolla.

Siguió la marcha costa arriba. Fausto insistió en caminar pero Mario se quedó con el carrito.

—¿Qué vas a hacer con esos vatos? —preguntó Mario.

—Buscarles donde vivan.

—¿Y eso cómo lo vas a hacer?

—Ya verás. Todavía no te puedo decir porque aún lo estoy pensando.

Fausto paró la marcha en algún lugar entre Leucadia y Oceanside. —Miren allá, les gritó a los hombres.

Más allá del Interstate 5, entre un sinfín de filas de tomate estacado, otros centenares de ilegales blandían al aire sus azadones de mango corto para llamar a la larga fila de hombres. En cuestión de segundos, los recién llegados se habían deshecho de los uniformes y cruzaban corriendo la carretera. Fausto los vio abrazarse y esperó mientras hablaban. Al fin, un joven que caminaba suave y musculoso dejó el campo y regresó a la carretera.

—¿Señor? —dijo sosteniendo con la mano, de la cintura, los calzones demasiado grandes del uniforme de marinero.

—Sí —dijo Fausto.

—Señor, no es por quejarme . . . pero hemos estado platicando . . .

—¿Y luego?

—La mera verdad es que no hay bastantes trabajos para todos.

Fausto palmeó al hombre en el brazo. —Qué bueno que lo hayas sabido por alguien más. Tal vez así me tengan más confianza.

—Todos te agradecemos lo que has hecho por nosotros.

—Todavía no me des las gracias. No sabes lo que estoy pensando. Ve y diles a los otros que si hacen lo que les voy a decir ya nunca más tendrán que trabajar. —Fausto se detuvo un momento—. No, quizás exageré, pero cuando menos no tendrán que hacer trabajo de éste.

El joven guardó silencio un momento, luego levantó un terrón, lo tiró contra el cordón asfaltado y empezó a reír entredientes.

—¿Y yo qué? —preguntó Mario.

Fausto continuó, —Diles que se laven, que se peinen y cuando terminen . . .

—¿Señor?

—Mejor diles que se vayan a la chingada —interrumpió Mario—. ¿Cómo van a vivir sin jale?

—Como tú le haces —dijo Fausto.

—Yo soy diferente, yo nací aquí.

—Mario, no tiene nada que ver dónde hayas nacido. A ver, ¿en qué estaba?

—Los estabas mandando a la chingada.

—Hmm . . . no es tan mala idea.

—¿En serio?

—Mira a David. El nunca se quejó. —Fausto volteó hacia el joven mojado—. Cuando lleguemos a donde vamos, todos tienen que hacerse los muertos.

—¿Muertos?

—No pueden mover los ojos ni sonreír y, si tienen que ir al baño, lo hacen cuando nadie los vea.

—¿Eso es todo? —preguntó el joven.

—No, cualquier cosa que la gente quiera que hagan tienen que hacerla. Algunas los meterán en sus camas o los colgarán de la pared o tal vez los pongan en un museo. ¿Quién sabe? Pero no creo que tengan que trabajar. Serán demasiado valiosos. Y no se apuren por la comida. Nadie los dejará que adelgacen.

—Y, ¿nuestras familias?

—Simón —dijo Mario—, ¿qué va a pasar con sus viejas?

—Una cosa a la vez —dijo Fausto—. Primero vayan y hablen con los demás a ver qué dicen.

El plan de Fausto pronto se regó por los campos. Todos querían preguntar pero nadie dijo nada.

Estaban demás de emocionados y lo que dijeran podía parecer ridículo. ¿Les tocarían días libres? ¿Se quedarían en California o se irían a otro lugar? ¿Y qué si se hartaban de hacerle al muerto?

—Dijeron que sí —anunció el joven, todavía prendido de los calzoncillos bóxer—. Pero quieren saber dónde lavarse.

Fausto señaló a Marcelino, quien había estado esperando a la sombra del puente de la carretera inventando un aire nuevo. —Sigan al señor de la flauta.

Se dio la señal y el ejército de mojados se levantó y emprendió el camino a Los Ángeles.

—Mario —llamó Fausto haciéndole señas a su amigo para que se acercara—. Creo que me voy contigo en el carrito. Me siento cansado.

Mario bombeó el acelerador, luego brincó y pateó una de las pequeñas llantas regordetas.—No se va a poder, está muerta la batería.

Fausto se apoyó en el bordón y suspiró casi esperando que su esposa, en voz baja, le dijera, —Te lo dije.

—Vente —le dijo Mario—. Vamos a pedir un aventón.

nueve

¿Te tomaste tus pastillas? —le preguntó Evangelina. A los tres —a Evangelina, a Fausto y a Mario les habían dado un aventón dos surfistas en una van beige con bermejo. De ambos lados de la van, bajo un panorama marino con un sol color de rosa en el horizonte, estaban pintadas en fina caligrafía las palabras UNITED VANS BERDOO. Fausto echó los botes de cerveza y los trajes de buzo para un lado y estiró las piernas sobre el piso de alfombra de felpa. Como la van estaba inclinada de atrás para adelante, iban viendo las dos cabezas de enfrente.

—Te las tomaste, ¿sí o no?

—Ya déjalo —dijo Mario, moviendo uno de los botes vacíos de doce onzas. Luego miró por el agujero.

—Tú no te metas —le ordenó ella.

Fausto movió los labios.

Evangelina se hizo para adelante y le pidió al chofer que le bajara al estéreo.

—¡No puede oírte! —gritó Fausto— estás muerta.

—Entonces, díselo tú. No oigo nada con tanto ruido.

—Mario, diles que le bajen.

—Nel ése, no es buena onda. Primero nos pasan un aventón y ora les vamos a decir que lo bajen. Nel, ése. Eso está buti sura. ¿Qué si nos dompean? ¿Luego qué hacemos? Ya estuvimos calmando dos horas para agarrar este raite.

—Tiene razón, Eva.

—¿Qué?

—¡Que sí me tomé mis pastillas!

Parecía que Evangelina ya estaba contenta pero nunca respondieron a su verdadera pregunta de ¿por qué quería salvar al mundo entero?

—Eva, unos cuantos mojados no son el mundo.

—Pero ¿por qué no te estás en la cama y te mueres ahí como todo el mundo? No, te tienes que largar al Perú y a sabe Dios dónde. Y ahora andas queriendo pasar a todos esos mejicanos.

—¿Y nosotros somos chinos o qué?

—Pero, ¿por qué a ellos? Puros pelados . . . ¡pura gentuza! . . . maleducados . . . campesinos . . .

Fausto casi tuvo que recordarle que él mismo había sido barrendero cuando se vieron por primera vez. Su padre y ella habían pasado en el carro mientras él raspaba el estiércol de caballo de la carretera. Entonces ella, una muchacha que iba sentada muy derechita en el asiento de atrás, lo había saludado con la mano y, años después, cuando la revolución le había llevado a su padre, después de que ella se había ido a pie hasta El Paso sin más que una maleta y su buen nombre, se habían encontrado de nuevo y se habían casado. Fausto seguido decía y creía que, gracias a ella, él era algo más que un don nadie. Ella le había enseñado todo. Le habría enseñado hasta a leer si él aún no hubiera sabido hacerlo. Y sus lecciones más importantes habían sido cómo portarse, cómo hablar y sus buenos modales. —Eso es lo que impresiona —le decía ella.

—No importa que seas un hombre pequeño. Habla como si fueras grande.

¿Qué podría decirle? ¿Debía intentar explicarle?

—Campesinos —dijo ella, mirando por la ventana redonda de vidrio ahumado de la van—. ¿Por qué ellos?

—Porque . . . me dan lástima.

Evangelina guardó silencio. Quizá todavía lo veía en la calle, mirando hacia arriba y haciéndole una seña con la mano a la princesa del asiento de atrás del carro de su papá.

Fausto recordó la última vez que había usado esas palabras. Acababan de llegar a Amecameca, un pueblo cerca del volcán Popocatépetl. Evangelina había dicho que quería sentarse en una banca de la plaza a que le diera el sol.

—No te vayas a perder —le dijo ella.

—Nosotros vamos a dar una vuelta, a mí me gustan estos pueblitos.

—¿Fausto?

—¿Qué?

—Cuida a Carmela. La última vez que se fueron solos, ella se enfermó de montar aquella mula.

Se alejaron caminando por una calle adoquinada, ladeada hacia el medio para formar una cuneta. —Tío, ¿a dónde vamos?

—Carmela masticaba la punta de una tortilla caliente y enrollada de maíz azul.

—A ver si podemos rentar unos caballos como hicimos en Teocaltiche. ¿Te gustaría?

Carmela asintió con la cabeza y se terminó la tortilla.

En las afueras del pueblo preguntaron por los caballos pero nadie parecía saber quién tendría animales. Ya en el campo, se toparon con un viejo sentado en las ancas de un burro que seguía a otro burro cargado de mazorcas secas. Fausto habló y el hombre apuntó con el pulgar.

—Ése tiene un caballo, vive allá, un poco más allá del arroyo, por allá, ves, se distingue el muro de la huerta y parte de un techo. Bueno, ese hombre tiene un caballo pero no creo que se lo preste. Es un hombre muy celoso, tan celoso que ni siquiera saluda a sus vecinos, pobrecito, tal vez sea porque perdió a su primera esposa y dos hijos. Se cree que murieron por haber comido algo que estaba podrido, pero dudo que consigas el caballo porque desde que ella murió no nos presta nada. Así que inténtalo si quieres, pero te digo que a nosotros ni nos saluda . . .

Fausto le dio las gracias al campesino y siguió por el arroyo que estaba polvoriento de seco y muy erosionado de los lados. En un lugar donde el arroyo se hacía más angosto ayudó a Carmela a cruzar y ambos treparon al lado opuesto.

Los perros siguieron ladrando hasta después que la mujer salió por la puerta de enfrente y les tiró piedras para espantarlos. Andaba descalza y se limpiaba las manos en la falda, mientras esperaba que Fausto hablara. Varios niños miraban desde adentro del cuarto oscuro. Le preguntó acerca de la tierra barbechada que quedaba más allá del rancho. La falda de la montaña parecía empezar a subir un poco más allá de la granja. Antes de que Fausto pudiera decir más, ella se dio la vuelta y se metió a la casa de prisa.

Un hombre corrioso de cara chupada salió y, respetuoso, les preguntó si podía ayudarles. Por su ropa se veía que los fuereños eran de la ciudad. Fausto le explicó que venían caminando desde el pueblo y que querían cruzar su tierra.

—¿Por qué? —preguntó el hombre.

—Para ver la montaña.

—¿Y no la pueden ver bastante bien desde aquí?

—Queremos acercarnos más . . . Ahora, si le parece . . .

—Por favor, ¿por qué no desde allá? Hay mucha tierra allá y si se van por allá, la vista es mucho mejor. Desde aquí no se ve nada.

—Pero . . .

—Lo siento, pero no pueden cruzar mi tierra.

—Entonces daremos la vuelta. Vamos, Carmela.

—¡No! Tampoco pueden pasar por allí.

—Mire, nadie le va a tocar su tierra.

—Por favor, es peligroso. Esas piedras de allá están atestadas de arañas ponsoñozas. Hay muchos agujeros en las piedras y allí es donde anidan.

Carmela vio que el hombre se ponía cada vez más agitado y, aunque hablaba rápidamente el español, hasta ella se daba cuenta de que las arañas no eran más que una excusa.

Los perros los siguieron a distancia hasta el límite del campo cultivado, el hombre les gritó y agitó el sombrero pero las palabras se perdieron entre los ladridos de los perros. Fausto encontró un sendero muy pisado que parecía llevar hasta los montículos volcánicos que quedaban al otro lado del tosco muro de piedra y nopal.

—No te creas lo que dijo de las arañas, mijita.

—Y, ¿el caballo? Carmela se había puesto sus Levis y su camisa de vaquero.

—Apúrate, allí viene otra vez . . .

El hombre corrió en diagonal tropezando locamente por arriba de los surcos secos, se levantó y con un solo movimiento saltó el muro.

—Señor —le dijo a Fausto—, dos pesitos. —Bajó la vista y extendió la mano.

—No, no le voy a dar dinero.

El hombre insistió, rogándole a medida que los tres caminaban veloces por el sendero. Al fin, Fausto le dijo que se fuera.

—Todo mundo me paga dos pesos . . .

—Le dije que no.

—Por favor, entiéndame. El gobierno me dice que tengo que hacerme cargo de estas tierras. Le he cobrado dos pesos a todos los que pasan por aquí. Por favor . . . tengo mujer e hijos. ¿Que no los vio?

—No creo que el gobierno le haya pedido hacer eso.

—Señor, se ve que usted no vive aquí. Si fuera de aquí lo sabría. Mire el cielo. Ya tiene meses así. Ni siquiera el atisbo de una nube. ¿Cómo cree que vivimos? ¿Qué vamos a comer? Por favor, una propina, dos pesitos nada más . . .

Fausto lo dejó exprimiendo el sombrero color paja. —¿Quién se cree ese baboso? Si quiere pedir limosna, que pida. Pero, ¿para qué miente?

Los dos se subieron a las piedras. Fausto se asomó con cuidado a los agujeros y las grietas pero sólo vio zacate seco y grava. Se sentaron a descansar de cara a la montaña. Durante mucho tiempo estuvo observando los jirones de nieve azotada que cubría levemente el pico, mientras Carmela se dedicó a tirarle guijarros sobre el campo de dura lava.

—Siéntate —dijo Fausto— te voy a contar un cuento. —Se tronó los dedos y Carmela se agachó para escuchar.

—Se trata de un pobretón que soñaba con casarse con la hermosa hija de un rey. Todos lo juzgaban loco por soñar eso y se reían. Hasta el rey se reía.

—¿Por qué se reía

—Bueno, en aquel entonces sólo un príncipe podía casarse con la hija del rey. Pero sólo una persona no lo juzgó loco, la hija del rey. Ella había visto al pobretón y no se había reído, al menos no al principio. Le caía bien porque contaba cuentos chistosos y porque la hacía sentirse más bella de lo que era en realidad.

—¿Era hermosa de verdad?

—Sí, mijita, muy hermosa.

—Pero no era tan hermosa como Tía Eva, ¿verdad?

—Casi . . . De todas formas, un día el rey los encontró juntos y amenazó de muerte al pobretón si los encontraba juntos otra vez. Así es que la princesa y el pobretón se fugaron, pero no se escondieron porque no se avergonzaban de lo que habían hecho. Se fueron a un lugar donde todo mundo podía verlos, hasta subieron a la cumbre de esos dos volcanes.

—No veo más que uno.

—Allí está al otro lado.

—¿Y regresaron?

—No, la princesa murió de frío.

—¿Y qué le sucedió a él?

—Allí está todavía, esperando que ella despierte.

—¿No se morirá también?

—Tal vez . . .

De regreso al pueblo, tomaron el camino más largo para sacarle la vuelta al terreno del campesino. Carmela se resbaló con sus tenis en las piedras y cayó en un hoyo grande de fondo parejo.

—¡Tío, mira lo que encontré! —Tres cruces astilladas salían del suelo en ángulos diversos.

—No las toques, Carmela. Dame la mano. —Fausto se estiró sobre la piedra lisa, le alcanzó la mano y la jaló hacia arriba.

—Tío, ¿está enterrado alguien allí?

—Vámonos, mijita. Eva nos está esperando y ya exploramos bastante por el día de hoy.

—¿Siempre les ponen cruces a los muertos?

—Carmela, no preguntes tanto.

Lo siguió en silencio; regresaron por donde habían venido. Al llegar a la casa, Fausto se detuvo y, a través de la puerta abierta, le dijo a la mujer, —¿Está aquí su esposo? Dele esto.

La mujer retrocedió hacia el interior del cuarto agitando la mano.

—Tome el dinero, son diez pesos . . .

Escupió sobre el piso de tierra apisonada y le dio la espalda a Fausto. El colocó la moneda en el suelo donde la pudiera ver y lentamente caminó para atrás hacia su sobrina.

—¿Por qué le pagaste? —preguntó Carmela una vez que se habían ido de la casa.

—Es que me dio lástima —dijo su tío casi en secreto, pero no le dijo que le había dado vergüenza.

—¿Está bien aquí? —dijo el chofer de la van, al parar sobre el acotamiento de la carretera.

Mario metió la cabeza entre los asientos. —Ése, ¿que no nos puedes llevar otro escante?

—¿Qué tanto?

—Un escante nomás.

—¿Cuánto?

—Uuu . . . pos unas diez millas.

—¡Diez millas! Oye, si no soy taxi, ¿quién me va a pagar la gasolina?

—Guáchate, ése, mi ruco lleva dos infartos en lo que va de la semana. Ya el vato no va a aguantar.

—Y entonces, ¿cómo anda caminando?

—Es que lo llevo al hospi.

—¿Desde Oceanside?

—Simón, ése . . . va pa' un transplante de seso.

—¡Sí, hombre! Que te lo crea tu abuelita.

—Está suave, no me creas. Si querías matar a mi ruco pos ya lo hiciste.

—Bueno, cálmala. ¿En qué salida me bajo?

—Elysian Park. ¿Sabes dónde es?

—No, nomás dime dónde tenga que parar.

diez

Cuando Carmela regresó del autocine, encontró a su tío ardiendo de calentura. Estaba metido en la cama completamente vestido agarrando el bordón con una mano mojada de sudor. Al desatarse las cintas de los zapatos se dio cuenta de que traía un calcetín de uno y otro de otro y se había puesto los zapatos en los pies equivocados. Lo cubrió con la sobrecama y salió de la casa corriendo. Golpeó la puerta en casa de Cuca, luego la ventana de la recámara, hasta que cesaron los ronquidos y la vieja se asomó por las persianas.

—¡Cuca, es que mi tío se está quemando de calentura!

—Ya, ya voy, déjame echarme algo encima.

Carmela esperó afuera, retorciéndose y bamboleándose como si tuviera que orinar.

—¿Calentura? —dijo Cuca, al salir con su costurero lleno de medicinas—. Bueno, vamos a ver. —Cuca era una mujer encanecida y frágil, las arrugas le atravesaban toda la cara. Estaba acostumbrada a que la llamaran a la media noche. A veces hasta sus peores curas funcionaban de noche, mientras que la mayoría de sus fracasos le ocurrían durante el día después de tomarse su café. Paró en la esquina, miró hacia arriba y probó el cielo nublado con la frente.

—Carmela, sé lo que estás pensando pero no se va a morir . . . cuando menos no ahora.

En la casa, Cuca cortó un limón, lo exprimió en medio vaso de agua y le revolvió dos cucharadas de miel Karo.

—Ahora —le dijo a Carmela— ve y dile a Smaldino que traiga dos baldes de hielo.

Carmela salió y regresó con el gordo vendedor de pescado; sus pijamas de franela descolorida traían manchas de café en la parte superior y traía la ingle desgarrada. Cuca le agradeció el favor y Smaldino dejó los baldes sin decir una palabra, se dio la vuelta y se pegó contra la pared.

—Carmela, llévalo a casa. Creo que todavía no despierta.

Cuando los dos se fueron, Cuca abrió su costurero y sacó varias bolsas plásticas para la basura, las llenó de hielo y las amarró de arriba con alambre empapelado. Luego le acomodó una en cada axila al enfermo; la tercera se la puso en la cabeza.

Fausto abrió un ojo y le guiñó.

—Cuca.

—¿Sí?

—No va a funcionar.

—Ya sé, pero a Carmela la hace sentirse mejor.

—Si ves a mi señora, dile que ahorita vengo.

—Calmado, compadre. Tómese su tiempo . . . al cabo, ¿qué prisa lleva?

—¿Tú crees que ya sea hora?

—¿Quién sabe? Todo depende de lo que estés pensando. Por lo general la mente controla estas cosas. Puede durar unos días o un par de horas, pero no tiene caso preocuparse por eso.

—Seguro que tienes razón.

—Si te agrada, les digo a todos que pasen por la mañana. Seguro que querrán despedirse de ti.

—¿Cuca?

—Sí.

—¿Me puedes poner un poquito de hielo entre las piernas . . . ?

—¿Así?

—Más arriba . . . sí, allí.

Cuca había presenciado muchas muertes y siempre le gustaba ver que todavía quedaba algún rescoldo que se meneaba bajo las cenizas del carbón. Alcanzó la bolsa y se levantó para irse. —Fausto, te veo en la mañana. ¿Me esperas hasta que regrese?

—Creo que sí.

—Bueno, ahora descansa y trata de no emocionarte mucho. El hielo debe bajarte la temperatura, pero tú tienes que cooperar.

Después de que ella se fue, entró Marcelino. Había estado esperando en el baño y parecía angustiado. —¿Que ya se te olvidó? —dijo—. Nada puede tumbarte.

Fausto se cambió la bolsa de hielo. —Vete, estoy cansado.

—Los mexicanos te están esperando.

—Diles que se regresen. No es posible. Ya no puedo ayudar a nadie.

—Piensa en lo que puedes enseñarles . . . , un hombre como tú que sabe tanto.

—No seas lambiscón.

—Podrías enseñarles a hacer películas, ¿te acuerdas?

—Marcelino, vete a cuidar tus alpacas.

—No, yo aquí me quedo hasta que te levantes.

—¿Cómo voy a levantarme?

—Ayúdales.

—Vete, no puedo ni ayudarme a mí mismo.

—Te están esperando en el río.

—¿Se ven como que están muertos?

—Están tratando de hacerlo. Se están muriendo de hambre y de frío. Algunos no traen ropa, hay uno que temblaba mucho y decía que prefería estar vivo que muerto.

Fausto jaló la sábana y se cubrió la cabeza pero, al hacerlo, una de las bolsas de abajo del brazo se resbaló de la cama. —¿Me la alcanzas?

Marcelino permaneció al pie de la cama. —Si te llegas a morir —dijo—, van a decir que eras un cobarde, que lo inventaste todo, que nunca fuiste al Perú, que nunca mandaste ningún ejército, que nunca exploraste la selva, que nunca hiciste lo que dijiste que habías hecho. Dirán que abandonaste a tus hombres, que huiste . . .

—¡No!

—Sí.

Fausto se sentó y miró intensamente a su joven amigo. ¿Y él quién era para insultarlo así? No era más que un pastor . . . que ni siquiera sabía cómo regresar a casa. Sólo sabía tocar aquella flauta.

—Ni siquiera eres un buen cobarde —dijo Marcelino—. Un buen cobarde se habría muerto hace años. No debiste ni nacer.

Como decía mi tío Celso, la vida es un juego para ganadores no para perdedores.

—¿Y eso qué significa?

—No sé pero él lo decía.

Fausto le tiró la almohada a uno de los postes de la cama. Marcelino se agachó, pero al levantarse le pegó con una bolsa de hielo en el pecho y cayó al suelo.

—Voy a enseñarte quién es el cobarde —dijo Fausto, levantando sus huesos de la cama. Le dio un empujoncito a la figura del suelo—. Ven, hay cosas que hacer.

—Espérate . . . no . . . no puedo respirar.

—¡Ajá! Tú también puedes aprender algunos juegos. Vamos.

Fausto se ajustó la dentadura parcial del lado derecho de la boca, se metió el salacot hasta las orejas y salió del cuarto a zancadas. Se detuvo en la cocina, levantó la toallita de los trastes que cubría la jaula y le dio con la punta del dedo al artrítico pájaro adormilado. —Cuida la casa, Tico. Ahora tú eres el encargado. —El periquito erizó las plumas y pareció levantar los hombros. Fausto le dio lo que quedaba del anís y se despidió de él con un amable golpecito en el lomo que dejó al pájaro escupiendo y colgado de una uña sobre el platito de agua.

Al cruzar la sala, Fausto escuchó a su esposa reírse. —¿Que no se te olvida algo? —preguntó.

—Ah, sí.

Evangelina le pasó los pantalones. —Acabo de plancharlos, y aquí está tu camisa. Cuando menos debes andar presentable.

Fausto se detuvo contra la televisión mientras que su esposa le alzaba la pierna. —Ahora el otro lado —le dijo—. Ya está. —Le abrochó la bragueta, segura de no pellizcarle nada y luego le metió el botón por el ojal. Esperaba que le dijera, ¿Qué harías sin mí? pero esta vez Evangelina le amarró la capa despacio, como si fuera el último nudo y sólo le dijo—. Te voy a estar esperando.

Marcelino abrió la puerta y los dos hombres salieron. En seguida el peruano le pasó a Fausto el elegante pergamino hecho a mano. Solemnemente desenrolló el manuscrito y empezó a leer. —Yo, Don Fausto Tejada, servidor respetuoso y emisario de Nuestra Ciudad la Reina de los Ángeles, con su venia emprendo la presente jornada, que mejor quedara para cuerpos menos golpeados por el infortunio, para hombres de mayor habilidad, para que, si Vuestra Merced lo quisiere, se me permita explorar esta tierra . . . no en la busca de riquezas sino de la verdadera semilla y pulso de la vida . . .

No, se dijo, aquello no podría ser. Una cosa era entrar al Valle de México a la cabeza de un ejército, o imponer su bordón para gloria del Perú . . . y otra completamente distinta era caer en brazos de mil famélicos. El pergamino sólo me llevaría a hacer el ridículo. Si les voy a ayudar, necesito algo más que palabras.

—Marcelino, toca algo —dijo Fausto cuando doblaron la esquina e iniciaron el descenso de la cuesta hacia el río—. Lo que sea . . . algo que me ayude a pensar. —Marcelino accedió y tocó bajito para no despertar a los vecinos.

—. . . que mejor quedara para cuerpos menos golpeados por el infortunio . . . —Fausto sacudió la cabeza—. Qué lástima. La gente no escucha lenguaje como éste todos los días. Bueno, otra vez será . . .

El problema de los mojados requería un remedio drástico, pero Fausto no tenía ni idea de dónde o cómo solucionarlo. Se acordó de que ya antes se había encontrado en un aprieto similar. Iba cruzando el desierto con un furgón lleno de enciclopedias. En algún punto entre Coachella y el Salton Sea la carretera se acabó. Estaba tan enojado que recordó que brincó del camión y le estuvo dando de patadas a la arena. A pesar del calorón del mediodía, siguió pateando la arena en el lugar donde el camino desaparecía maldiciendo a los que habían construido semejante desastre. Después de un rato, llegaron carros y camiones. La gente vio lo que hacía y empezó a hacer lo mismo. Para cuando anocheció, ya habían pateado la arena hasta llegar a Indio. Pero aun entonces, el problema seguía sin resolverse. Fausto ya había agujerado la punta de los zapatos y la única zapatería que estaba abierta ya había agotado todos los zapatos de su número.

No, tendría que planear esto con mucho cuidado. —Marcelino, ya basta de música.

Cuando se acercaron al dique, Fausto notó que las luces de la casa de la señora Rentería estaban prendidas. Se apresuraron a cruzar la calle para ver más de cerca. Parecía que los mojados se habían acomodado como si estuvieran en casa. La señora Rentería estaba sirviéndoles el plato: tan pronto como terminaba un hambriento llegaba el próximo. Por lo visto, Smaldino había vaciado su carga de pescado por la puerta de atrás y Tiburcio y sus hijos habían construido un asador para hacer barbacoa con un pedazo viejo de alambre que jalaron sobre el patio trasero, por encima de un jardín de pensamientos y geranios.

—Después planto más flores —dijo la señora Rentería—, pero estos hombres no tienen más que una vida. —Fausto asintió con la cabeza y se metió a la cocina abriéndose paso entre tanta gente. La señora Noriega y otras mujeres amasaban la masa del pan dándole forma y tamaño de pelotas de fútbol americano. En el baño, Cuca revolvía una cantidad de huevos y leche como para un ejército. Cuando la espuma del ponche se desbordó de la bañera se dio cuenta que tal vez ya había preparado más que suficiente.

No quedó nada que fuera comestible ni dentro de la casa ni en ninguna casa a dos cuadras a la redonda. Los mojados deambularon rumbo al río satisfechos y eructando. La señora Rentería ya casi les ofrecía su corazón pero recapacitó al recordar que alguien tendría que darles de desayunar todos los días.

—Fausto —dijo ella— ¿no crees que deberían estar adentro? Si yo tuviera más campo en la casa, pero ya viste como se puso. Casi no había lugar para moverse.

—Y en la iglesia —sugirió la señora Noriega, adelantando una cuenta del rosario que tenía en la mano—. He estado rezando toda la noche para que Dios nos ayude.

—Eso no resuelve nada —dijo Tiburcio—. En la iglesia no pueden hacer más que rezar. No, señora, no se vinieron desde México para rezar.

—Cuando menos no tendrían frío.

Tiburcio miró a Fausto. —¿Y tú qué ibas a hacer con ellos? Tú eres el que los trajiste aquí.

—Había pensado algo pero ahora ya no sé . . . no creo que quieran morirse.

—Bueno, pues, los tenemos que poner en algún lado o los van a arrestar. Ya sé, ya me ha sucedido a mí.

—¡Mario! —gritó Fausto, asustando a las mujeres que dormitaban en las sillas de la mesa de la cocina.

Mario se levantó de la bañera. Había estado enjuagando el anillo de ponche del borde de arriba.

—Mario, diles que regresen. Vamos a llevarlos al teatro.

—¿Cuál teatro?

—Al Teatro Los Feliz que cerraron el año pasado. ¿Puedes abrirlo?

—Simón que yes, pero ¿qué vas a hacer cuando los tengas adentro? Yo conozco a esos vatos y van a querer guachar un mono.

—Yo me encargo de eso. Haz lo que te digo.

—¿Y qué rollo les tiro?

—Diles que van a ver un espectáculo.

—¿Y cómo se llama? Van a querer saber de qué se trata.

—No sé, invéntate algo.

—¿Vida y muerte? —sugirió Tiburcio.

—No —dijo la señora Rentería—, eso es muy deprimente. Para entretenerlos, hace falta algo que los alegre . . .

—Ya sé —dijo la señora Noriega—, la vida de Jesús.

No contestó nadie. Luego Tiburcio dijo que el título debía ser algo misterioso, quizá algo de un hombre de una máscara.

—No, tiene que ser algo que tenga una güisa —dijo Mario.

—Sí, ¿y quién va a hacer el papel de mujer?

—O sea que tenemos que representarlo, ¿de veras?

—Claro, es fácil, nomás piensas en algo.

Cuca sugirió que fuera algo sobre Birmania.

—¿Y eso dónde queda? —preguntó alguien.

—Junto a la India.

—¿Y de Los Ángeles por qué no?

—Hollywood . . .

—Glendale.

—¡Qué Glendale! ¡La Maravilla!

—Boyle Heights . . .

—El Paladium.

—El zoológico . . .

Más tarde, cuando los mojados comenzaron a pasar, Fausto le cerró el ojo a Marcelino y se metió a la muchedumbre de vecinos entusiasmados metiendo el hombro.

—Ahorita nos van a seguir —dijo—. Ya que empiezan a platicar así, no tiene caso quedarse. Ya nadie hace caso, así que vámonos.

once

La obra resultó mucho mejor de lo que Fausto se hubiera imaginado. De fila en fila y de pasillo en pasillo se pasaron palomitas, pirulíes, manzanas acarameladas. Quien sabe cómo hicieron funcionar las luces y los niños limpiaron el escenario rápidamente patinando de lado a lado sobre retazos de saco de papa. Fausto se sentó en la segunda fila. Le indicó a Mario que corriera el telón —manchado de agua y deshilachado de abajo— luego le hizo señas a Marcelino para que tocara una pieza de apertura. Los mojados se estuvieron quietos un momento. Esperaban una obra que se llamaba *Camino a Tamazunchale*. Un muchacho que estaba sentado a tres asientos de Fausto estaba aun más callado. Era de Tamazunchale y nunca había sabido que hubiera una obra que se llamara así. El Río Moctezuma que bajaba de un pueblo que se llamaba Terrazas había salido una vez en una película que había visto y hasta había reconocido un cerro que estaba cerca de su casa, pero nunca jamás había visto una obra entera acerca del pueblo que lo había visto nacer. Era un gran honor, algo que les contaría a su padre y a su madre.

Después de batallar con las cuerdas, se abrió el telón y apareció Tiburcio de entre una nube de nieve o de smog, nunca se supo de qué. Traía un traje negro y una camisa tiesa de botonadura y cuello blanco volteado para arriba de tal forma que las varillas de plástico se le encajaban en la papada dándole un aspecto de maestro de ceremonias o cirquero jubilado.

—Psst, el cuello —le gritó su esposa desde el foso de la banda.

—Hermanos —dijo en voz alta, sin hacerle caso a su esposa, y caminó hasta el borde del escenario—. La obra que están por presenciar se llama Tamazunchale . . .

—¡Psst! Camino . . .

—Sí, *Camino a Tamazunchale* . . . por una razón muy especial. Y es que cuando las cosas no nos salen bien, cuando alguien no nos cae, sea quien sea . . . nuestros hijos, nuestra esposa, nuestros compadres o comadres . . . sencillamente los mandamos a Tamazunchale. En realidad no conocemos ese lugar pero suena mejor que cuando uno dice la otra palabra. ¿Me entienden? Ah, y antes de continuar, ¿no hay nadie aquí que sea de Tamazunchale?

El muchacho de la segunda fila tragó saliva y metió la mano en la bolsa de las palomitas.

—Qué bueno —dijo Tiburcio—. Si no, tendríamos que cambiarle el nombre al espectáculo . . . a Teocaltiche . . . a Panindícuaro o algo por el estilo.

Esperó a que terminaran de silbar y de reírse antes de seguir.

Siguiendo los consejos de su mujer, continuó de aquí para allá hasta terminar su perorata. Le explicó al público que todos iban a o venían de Tamazunchale. —Y nosotros también —agregó—. A lo mejor no lo sabemos, pero es el mismo camino. Todos van por ese camino. ¡Sí, compadres, todos! Pero como ustedes verán, Tamazunchale no es lo que ustedes creen . . .

—Psst, apúrate.

—¡Dama —dijo Tiburcio, saludando a su señora con la cabeza— y caballeros . . . nuestro espectáculo!

Tiburcio se retiró en medio de un estallido de aplausos. Se prendieron las candilejas y alguien, probablemente Roberto, el hijo mayor de Smaldino, entró cojeando por un costado y con un azadón en una mano, un salacot raído, una capa apolillada y unos pantalones abolsados. Le habían dibujado arrugas con lápiz negro encima y debajo de los ojos y a ambos lados de la boca. Al entrar en la luz del reflector, una niñita de trenzas pasó brincando y luego regresó con cara de confundida.

—Tío —le dijo— ¿a dónde vas?

—A Tamazunchale —le contestó el viejo.

—¿Yo también puedo ir?

—No, mijita. No traigo más que un boleto.

—Yo traigo once centavos.

El viejo le acarició la mejilla con la palma de la mano. —Bueno, a lo mejor te llevan gratis.

—¿Puedo llevarme la rana?

—Por supuesto, estoy seguro que no venden boletos para ranas. Tan pronto como se sentaron en el camión, el chofer empezó a recoger los boletos. El viejo le entregó el suyo.

—El otro —dijo el chofer— el de la niña . . .

—¿Puede irse sentada en mis piernas? No va a molestar a nadie.

El hombre miró a los demás pasajeros, —Está bien, pero la rana se queda.

Dejó subir a otra pasajera, una señora pulcramente peinada a la Pompadour, con traje de hombreras y guantes blancos. Fausto se paró frente a su asiento de la segunda fila y gritó el nombre de su esposa.

—¡Siéntese!

—No me deja ver . . .

—Cállese, no oigo.

Carmela, que la hacía de acomodadora, se apresuró por el pasillo blandiendo su linterna y le pidió a su tío que se sentara y se callara.

Ya acomodados los velices, maletas, cajas y bolsas de papel debajo de los asientos o en las rejillas de arriba, el camión comenzó a sacudirse del frío, rechinando los cambios y por fin pesadamente tomó el camino principal a Tamazunchale. En la defensa lucía la leyenda EL DIABLO NEGRO.

Durante un rato, los pasajeros parecían conformarse con ver por las ventanas, hojear revistas, mirar fijamente hacia adelante o simplemente cerrar los ojos. Con el paso del tiempo, el calor del motor subió hasta los asientos de los que iban sentados atrás, el sol penetró el techo y el conocido olor a pedo les llegó a los de enfrente. Evangelina, quien ya se retorcía en el asiento de por sí, fue la primera en quejarse. Agarrada del barrote del asiento a dos manos enguantadas, se levantó y le exigió al chofer que controlara a sus pasajeros. Como éste no hizo caso de sus súplicas, ella le pidió que la dejara bajarse. Fausto no la culpaba pues hasta él olía el pedorrón desde donde estaba sentado en el auditorio.

La mujer descendió y, con un dedo blanco, señaló al del uniforme llamativo y de visera encharolada. —¡Fue usted. Usted se lo tiró!

—¿Y qué? Es mío el camión.

El público se rió y, cuando el camión dio un tirón hacia adelante, una bolsa atiborrada de pescado se cayó de la rejilla de arriba. Una señora joven que llevaba en brazos a su bebé gritó cuando aquellas cosas llenas de escamas se le resbalaron por la espalda, bajo el sostén y en el pelo. El niño no hizo caso de la reacción de su madre y empezó a chupar la cabeza de una mojarra. Smaldino, vestido de Smaldino, se disculpó con todo mundo cuando caminaba hacia el frente del camión y le ordenaron que bajara. Alguien le tiró un pescado que le pegó al chofer. Smaldino sonrió y saltó al suelo.

Jess fue el siguiente en salir del camión pero no porque él hubiera querido. Mientras releía su única copia de *Mecánica Ilustrada,* Cuca, la directora del espectáculo, hizo señas por detrás del telón de que todos se fueran. Se trataba de una parada de descanso y todos tenían que hacer parecer que estaban cansados, estirándose, bostezando, y hambrientos. Jess no quiso hacerlo.

—Quítalo del escenario —le susurró Cuca al chofer—. Está arruinando todo.

El chofer se echó la cachucha para atrás y se acercó al único pasajero. —Bájese.

—¿Por qué? —le preguntó Jess, sin quitar el dedo de la página.

—No pregunte —le dijo al oído el chofer a Jess.

—Oiga, yo creía que nomás tenía que estar sentado.

—¡Shhh! Bájese.

—No, estoy leyendo.

El chofer lo tomó del brazo pero Jess se acordó de sus llaves de lucha libre; le metió un derechazo a las costillas del hombre, fingió que le iba a pegar de nuevo y trató de meterle zancadilla. A los mojados parecía gustarles lo que veían, dos hombres que peleaban como renos, cuerno a cuerno, luego como osos, pecho a pecho, y finalmente como hombres rodando por todo el escenario y azotándose uno a otro como animales salvajes. Las filas de sillas plegadizas formaditas del camión se plegaron y cayeron, los lados postizos del techo se derrumbaron, el cajón de huevos que era el motor murió y el volante de bambú se colapsó. Con la ayuda de los otros pasajeros varones, destronaron al campeón de lucha libre y lo llevaron al callejón detrás del teatro. Mientras que todo el público reía a carcajadas, Mario cerró el telón y se arreglaron nuevamente las piezas del escenario. Hasta allí, el espectáculo había sido un éxito.

La segunda escena trajo más de lo mismo que la primera. La señora Rentería, quien hacía el papel de la señora Rentería, tuvo que irse cuando murió su compañero. Los otros pasajeros le dieron el pésame y hasta el chofer le cubrió los ojos al muerto con su propia chaqueta.

—Gracias —le dijo la solterona—necesitaba algo que lo mantuviera calientito.

—No hay de qué.

—No traerá por allí otros pantalones, los que lleva puestos están mojados.

—Estos son los únicos que tengo y no puedo manejar sin ellos.

—Ándele, por favor.

—Lo siento, no puedo.

La señora Rentería empezó a llorar, el muerto gimió bajo la chaqueta y alguien del público le gritó al chofer que le diera los pantalones. Pronto todos los hombres canturrearon con sonsonete

—¡Pan—ta—lo—nes! ¡Pan—ta—lo—nes!

El chofer les dio la espalda a los pasajeros, se sacó de los bolsillos la cartera, el peine, unas monedas y un cortaúñas. Luego se desabrochó los pantalones y se los quitó. Cuando iba a entregarlos, los niños del escenario se rieron.

—Gracias —dijo la señora Rentería y todos aplaudieron al hombre por su generosidad.

Dentro de poco, cuando el camión proseguía otra vez su viaje, la señora Noriega anunció que se iba a bajar, que ya había recorrido lo suficiente y que ella iba a caminar lo que faltara del trayecto.

—Sólo Dios sabe si mentimos —les dijo a los otros dándoles la cara—. El sabe cuando la gente miente. Yo le prometí que caminaría y una promesa a Dios es lo más sagrado que hay. Es más sagrado que lo que les prometemos a los santos, y sí, aun más sagrado y más serio que lo que le prometemos a nuestra santa madre en el cielo. Cuántos de ustedes han hecho promesas, cuántos pueden jurar . . .

—Señora —dijo el chofer— yo prometí manejar el camión a Tamazunchale. Ya de por sí vamos atrasados.

—Podría . . .

—Que Dios los bendiga a todos —dijo la señora Noriega—. En el nombre del Padre, del Hijo y del Espíritu Santo . . .

Los pasajeros fueron bajando del camión uno a uno a medida que llegaban al final del camino. Una mujer con cinco hijos creyó reconocer su casa y pidió que la dejara bajarse. Dos borrachos que iban sentados atrás se cayeron de su asiento y se quedaron con las caras plantadas en el polvo. Otro hombre que juraba que sus antepasados habían creado el sol, se quedó en el desierto a descubrir la verdad. Cada quien tenía sus razones. Hasta el chofer paró el camión y, cuando ya se podía ver el pueblo, dijo que no podía seguir más.

El viejo que iba con la niña se quejó. Eran los únicos pasajeros que quedaban y estaba decidido a conocer ese lugar que todo mundo mentaba. —¿Vas a regresar?— le gritó al joven que saltó del camión y corrió a meterse a un campo de magueyes.

—Si quiere, váyase caminando hasta el pueblo. Yo no puedo entrar allí sin mis pantalones. Lo siento, pero es que todos me conocen.

El viejo se encogió de hombros y se apoyó en el bordón para pararse. —Vámonos, mijita, se está haciendo tarde.

Cuca le dijo a Mario que bajara las luces y el crepúsculo descendió al instante sobre Tamazunchale. Luego cayó el telón y el público permaneció en silencio sin saber si había terminado el espectáculo o no.

Entre bastidores quitaron las sillas y Tiburcio y sus hijos pronto pararon la escenografía de la última escena. Entre dos árboles de cartón que se arqueaban hacia el centro pusieron una rampa de triplay que subía hasta el cielo. Uno de los muchachos más pequeños subió una escalera, se colgó de tijeras con las piernas de una viga y luego colgó una pequeña nube blanca de una cuerda.

—¿Listo? —preguntó Cuca, esperando a que la nube dejara de moverse.

—Ya —dijo el muchacho.

El viejo y la niña tomaron sus lugares al frente del escenario y se abrió el telón. Algo tronó cerca del techo y Mario se quedó con la cuerda entre las manos.

—¡Shh, silencio! —dijo Cuca, y dio un pisotón.

—Tío —dijo la niña, esforzándose mucho para ver lo que decía en la hoja desarrugada—. Tengo miedo.

—No te preocupes, ya casi llegamos.

Las dos figuras caminaron dando vueltas un rato, luego la niña le jaló la capa de nuevo a su tío.

—¿Por qué vamos a ese lugar?

El viejo se sentó en lo bajo de la rampa, —Para ver cómo es.

—¿Es un lugar malo?

—¡Quién dijo!

—Hay un muchacho de la escuela que se sienta junto a mí y dice esa palabra para todo. El otro día lo oyó la maestra y tuvo que pararse una hora en el rincón. La maestra se enojó muchísimo porque, además, la escribió en la pared. Pero eso no es nada, siempre la veo escrita en el baño.

—¿Crees que tu maestra tenga razón?

—No sé. Dice que si la decimos tenemos que lavarnos la boca con jabón, pero yo una vez oí que ella se la decía a otra maestra. La estuve viendo durante mucho tiempo y ella nunca se lavó la boca.

—¿No te parece tonto tener que lavarse la boca con jabón?

—Sí, es mejor la pasta de dientes.

—Mijita, todo mundo debería ir a Tamazunchale.

—¿Cómo es?

—Como cualquier otro lugar. Tal vez sean distintas algunas cosas . . . si tú quieres que sean distintas . . .

—¿Y eso qué quiere decir?

—Bueno, si te encuentras un pájaro puedes hablar con él y él te va a responder. Si quieres alguna cosa pues es tuya. Si quieres ser manzana, sólo lo piensas y tal vez te veas colgada de un árbol o en la mano de alguna persona, quizá hasta sea tu propia mano.

—¿Podría ser flor?

—Podrías ser el sol.

—¿Y la luna?

—Podrías ser las estrellas . . .

—¿Y qué si quisiera ser yo misma otra vez?

—Mijita, podrías ser una melodía de un millón de sonidos o una niña que escucha un solo sonido.

—Tío, ¿tú crees que encuentre a mis amigos?

—A todos.

—¿Lucy y Sally? Son mis mejores amigas.

—A Lucy y a Sally.

—¿No tendrán que regresar a casa?

—No, a menos que las llamen sus mamás.

—¿Qué tanto tiempo nos vamos a quedar?

—El tiempo que quieras . . . para siempre . . . no importa.

La niña le echó un ojo a la nube del cielo. —Tío, ¿nos vamos a morir?

—En Tamazunchale nadie se muere.

—¿Nadie?

—Bueno, algunos, pero nomás se están haciendo.

—¿Como en las películas?

—No exactamente, sí se mueren, hasta los entierran y la gente llora y algunos hombres se emborrachan mucho . . .

—¿Como Tiburcio?

—Sí, mijita.

—Y entonces ¿qué les pasa a los muertos?

—Por lo general, se dan cuenta de lo ridículo que es morirse, así que se salen de la tierra y hacen otra cosa.

—¿Tenemos que morirnos aunque no queramos?

—No, a menos que te dé curiosidad. Eso es lo que le pasa a la mayoría de la gente. Tienen que probar una vez, pero no te mortifiques por eso ahora. Después tendrás mucho tiempo para pensarlo.

El viejo se limpió la frente y se metió el guión bajo la capa. Echó una mirada a los ojitos asustados. —No tengas miedo, ya casi llegamos.

—Tío, ¿por qué no nos quedamos en la casa como dijo mi tía Eva?

—Porque Tamazunchale es nuestra casa. Ya que lleguemos, seremos libres, podremos ser todo y todos. Si quieres hasta puedes ser nada.

—¿Tendré que asistir a la escuela?

—Nunca.

—Qué bueno.

El viejo se puso de pie y dio la cara al cielo. —¿Nos vamos?

—Tío, ¿y la nieve? Ayer me dijiste que me ibas a llevar a las montañas para que viera la nieve.

—Mijita, puedes convertirte en bolita de nieve.

—¿De veras?

—Yo mismo te formaré.

La niñita se rió y subió la rampa brincando.

—Espera —dijo el viejo, girando sobre el bordón y gesticulando al público—. Perdón, pero ¿tal vez quisieran acompañarnos . . . ?

El primero en subir al escenario fue el muchacho de Tamazunchale. Claramente distinguía su pueblo en la cima de la rampa. Otros pocos le siguieron, y luego más, y en unos minutos las butacas del teatro estuvieron vacías. La fila que dirigían el viejo y la niña se formó rápidamente y ondulaba hasta el cielo. Fausto veía que, gradualmente, algunos de los mojados se hundían a la derecha o a la izquierda pero la mayoría siguió derecho y, al final, todos se perdieron, disminuidos, desplazados entre el horizonte y las estrellas.

Solo, en la segunda fila del teatro, Fausto aplaudió y siguió aplaudiendo hasta que le dolieron las manos.

doce

¿Por qué está aplaudiendo?

—Parece que le está dando un ataque.

—¡No digas eso! ¿Que piensas que está loco o qué?

—Yo no dije nada, sólo que parece que la fiebre le pegó fuerte. ¿Tú habías visto que alguien temblara de esa forma?

—Sí, yo . . .

—¿Que eres médico o qué?

—No, pero una vez vi a uno que temblaba así, sólo que peor y tampoco aplaudía.

—¡Shh! baja la voz.

—Órale, ése . . .

—No me digas ése.

—Está suave, ésa . . .

—¡Ya párale! ¿Que te crees pachuco o qué?

—Cálmala . . .

—Y, ¿qué le sucedió al hombre que viste?

—Sí, eso era todo lo que iba a decir. Déjalo que nos diga lo que pasó.

—A lo mejor deberíamos irnos para abajo. ¿Qué si nos oye?

—No tiene nada. A lo mejor le caería bien oír un buen cuento.

—Ah, sí. Él se está muriendo y ustedes contando cuentos.

—¿Y qué más vamos a hacer?

—Rezar por él . . .

—Yo ya llamé al médico.

—¿Y qué dijo?

—¡Qué iba a decir! Lo más probable es que la tos sea enfisema, que no puede moverse porque sufre del corazón y que la fiebre puede haberle venido de un resfriado.

—Oye, ¿y qué ondas con el vato de la temblorina?

—¿Que no va a venir?

—Ya se murió.

—No, el médico.

—Dijo que iba a venir de volada, tan pronto como se pudiera escapar.

—Pinches médicos, eso fue lo que le pasó a mi jefito. Ni la ambulancia quería llevárselo.

—Bájale al volumen.

—¿Para qué? Es la neta.

—Lo vas a despertar, creo que ya está durmiendo. Ya dejó de aplaudir.

—Deberían estar rezando. Seguro que nadie le ha llamado al cura.

—Señora, ¿podría llamarlo? A mí se me olvidó.

—Ya me lo imaginaba.

—Dígale que se apure.

—Todos ustedes pueden ponerse a rezar.

—Sí, señora.

—Recen por su alma.

—Sí, señora . . .

—Ahora cuéntenos el cuento.

—Él era mi compa en Okinawa. Estábamos escondidos en una cueva. Han de saber que allá entierran a sus muertos en las cuevas.

—¿Y tú qué andabas haciendo allá?

—¿Por qué tienes que hablar tan alto? Lo vas a despertar.

—Déjalo que termine.

—Los meten en las cuevas y luego les dejan una botellas grandes de sake . . .

—¿Y eso qué es?

—No creía que estabas oyendo.

—Déjala en paz. El sake es vino de arroz. Se supone que ayuda al muerto en el camino al cielo.

—Así que, ¿qué pasó?

—Nos trepamos a la cueva, el Bagus y yo . . .

—¿Bagus?

—Así se llamaba, Charlie Bagus. Decía que mucha gente de su pueblo tenía nombres así. Yo siempre andaba con los demás mexicanos del pelotón. No sé, nos estaban pegando muy duro y no sé cómo me endilgaron al Bagus. Era buen compa, siempre andaba peinado hasta por debajo del casco. La única forma de hacerlo enojarse era despeinándolo.

—¿Y qué pasó con la cueva?

—Ah, pues, estábamos escondidos en la cueva. Allí nos quedamos cuatro días esperando que los nuestros vinieran por nosotros. Lo único que nos mantuvo vivos fue todo aquel sake. Al tercer día me picó un alacrán. Creí que me iba a morir. Me picó en el . . . tú sabes, allí.

—¿Lo andabas usando para escarbar?

—Estaba meando a los muertos. Sí, uno hace cualquier cosa cuando anda bien pedo.

—Eres un perverso.

—Tú cuida a tu tío.

—En la guerra todo es posible.

—De todas maneras me parece perverso.

—Así que allí estaba llorando la picadura. Se me hinchó del tamaño del brazo.

—¡Increíble!

—Órale, ése.

—Pero no fue nada comparado con lo que le pasó al Bagus. Creo que le picó un mosquito o algo porque empezó a temblar como nunca había visto en mi vida. Lo único que pude hacer fue darle una friega con el sake. Cuando terminó el ataque y pude sacarlo, se lo tuvieron que llevar en camisa de fuerza. Después me avisaron que había muerto.

—Qué asco.

—Pero pues, la gente se muere.

—No, lo de mear a los cuerpos.

—Ya no eran nada más que huesos, ¿a ellos qué les hacía?

—Símón, ¿qué ondas? Son unos pinches huesos.

—Les voy a contar otro cuento mejor que ése.

—Hablen allá abajo. —Carmela le limpió la frente a su tío y le pidió a Mario que mojara otra toallita en agua fría. Smaldino apartó a Tiburcio y le pidió que le contara el otro cuento que también se trataba de la guerra, esta vez era el único sobreviviente del bombardeo a una lancha de desembarco al llegar a la costa. Tiburcio se había salvado por haber desembarcado primero.

—¡Shhhh!

—¿Qué les puedo decir? Te das la vuelta y vuela todo el barco.

—¡Shhhhhhhhh!

Cuando llegó el cura nuevo, Carmela le preguntó dónde estaba el cura de siempre.

—Yo soy el suplente —dijo el joven—. El Padre Jaime está enfermo. Por cierto, ¿no les molestaría dejarnos unos minutos? Me gustaría estar solo con él para darle la absolución.

—¿Y yo no me puedo quedar? —preguntó Mario.

—¿Usted es familia?

—Soy su hijo.

—¿Su hijo? No me habían dicho que tuviera un hijo, la señora que me trajo sólo me dijo que tenía una sobrina.

—Ahí está, ¿para qué me preguntas? A mí se me hace que gozas oyendo que la raza diga mentiras.

—Éste no es momento de discutir. Por favor hágase junto a la puerta.

—¿Y qué si no me hago?

—¡Mario! Deja en paz al padre.

—Señorita, por favor, dígale que se vaya.

—Vámonos, Mario.

—Nel, yo aquí mero me estoy como quería tu tío. ¿Que no, Sr. Fausto?

Fausto abrió los párpados muy despacito y le guiñó el ojo bueno.

—Ya viste, ¿qué te dije?

—Bueno . . . pero, por favor, quítese de la luz.

—¿Para qué?

—Mario, hazte a un lado como te dice.

—In nomine patri . . .

—Niguas, ése, déjate de chingaderas, de güiri güiri y de traca traca. Yo quiero entender lo que estás diciendo.

—Señorita, por favor contrólelo.

—Ah, ¿sí?¿Sabes qué, ése? Te apuesto que ni tú te crees todo ese pedo, ¿que no?

El cura prosiguió tratando de hacer caso omiso de la joven sombra que le tapaba la luz.

—Ustedes son todos iguales —dijo Mario—. Igual le hicieron con mi jefito, ¿y de qué le sirvió? Pa' nada, de todos modos se murió.

Carmela engatusó a Mario para sacarlo hasta el pasillo y le dijo que el cura estaba allí para darle la extremaunción a su tío.

—No viene a salvarlo, está rezando por su alma.

—¡Qué alma ni qué la fregada! Eso no es más que una palabra. Mira . . . Carmela . . . este . . . ¿y tú qué harías si eso no existiera? ¿Qué harías?

—Yo no creo que nadie sepa si existe o no. Nadie sabe con seguridad.

—O sea que vamos a decir que tú sí sabías, que Dios te había echado ese rollo.

—No seas tonto.

—Simón, ¿que pasaría si Dios se bajara de su burro y . . .

—¿Su burro?

—De su vaca pues, a mí no me importa, que si estuviera parado aquí y nos dijera ¿Qué, pues? Soy yo, el mero chingón, y vengo a decirte que todo el cuento del alma es puro pedo.

—¿Qué ibas a hacer?

—Mario, ya vete para abajo. No caes en gracia.

—No, si no estoy de chistoso. Nomás te estoy haciendo una pregunta sencilla. ¿Tú qué harías?

—No sé . . . me supongo que considerarlo, o preguntarle a mi tío.

—¡Órale! Y, ¿sabes lo que te iba a decir? Que Dios tenía razón.

—¿Cómo sabes?

—Porque él ya me lo dijo a mí.

—¿Quién, mi tío o Dios?

—Ése, tu tío, el viejo que está tirado en la cama allá adentro. Ya ves. Por eso estaba fregando tanto al curita. Si supiera lo que tu tío está pensando, no le daría ninguna extrema función.

—Unción.

—Me entiendes lo que quiero decir, ésa.

Cuando el cura terminó, Fausto abrió los ojos de nuevo, se sonrió y bendijo de su propia manera al joven.

—Gracias, Padre —le dijo Carmela en el pasillo. Lo siguió hasta abajo y lo acompañó a la puerta.

—Es un hombre raro —dijo el cura—. Sentí que hubiera podido confesarse pero a lo mejor estoy equivocado.

—No. Tal vez tenga razón. Le encanta vacilar.

—Pero esto es un juego en serio.

—Ya lo sé, Padre . . . lo de su alma y todo lo demás.

—¿Como que todo lo demás? No hay nada más serio que la salvación del alma.

—Voy a decírselo, Padre.

Cuando el cura salía llegó el doctor Ramírez seguido de Cuca con su velicito de medicinas.

—Está arriba acostado, doctor.

—Bueno, esto no tardará.

—Cuca, ¿podría esperarse hasta que termine?

—Sí, no tengo otra cosa en todo el día. Además que el que viene detrás que arrée.

—Gracias.

—Carmela, ¿me tienes algo de comer? Tengo hambre.

—Claro que sí, si los dos que están en la cocina no se lo han acabado todo. Busca en el refrigerador, debe de haber una caja de galletas de miel. Ah, y no quieras darle una al pájaro. Yo me voy para arriba con el médico.

El doctor Ramírez se estuvo menos que el cura. Le metió el termómetro bajo la lengua, le midió la presión y luego le escuchó el corazón y los pulmones.

—¿Ya le echo un fonazo a la mortuoria? —preguntó Mario.

—No es necesario y por favor baja la voz.

—Eso no lo molesta.

—No, pero a mí sí. —El médico se fijó en la temperatura y movió la cabeza.

—¿No va a poder hacer nada? —preguntó Carmela.

—Te voy a dar una receta. Dale una cada media hora.

—Ése, doc . . . , creo te está diciendo algo.

El doctor Ramírez volteó y vio el dedo huesudo que, por encima de la cobija, débilmente le decía que no.

—Haga lo que le dé la gana —dijo el médico al cerrar el maletín—. Aquí está la receta y llámame si quieres que haga el acta de defunción.

—Gracias, doctor.

—¡Qué gracias ni qué chingados! Si no hizo nada . . .

—¿Y éste quién es?

—Es un amigo de mi tío.

—¿Un amigo?

—Sirol, ¿qué, no te parezco amigo?

—Pues sí, claro . . . como les dije, llámenme si me necesitan.

—Puto.

—¡Cálmate, Mario! . . . Yo lo acompaño abajo, Doctor.

—Yo puedo solo. Mejor quédate con el muchacho, creo que está alterado.

En la cocina, Cuca les estaba licuando un ponche a Tiburcio y a Smaldino. Les estaba contando de sus años de comadrona en la sierra de Chihuahua. Cuando Cuca se descosía, nadie más que Fausto contaba mejores cuentos. Acababa de describir el nacimiento de lo que todos aseguraron iba a ser el mismo demonio. Cuca les había dicho que la niñita había salido normal, que los raros eran los padres. La madre padecía de una especie de lepra y guardaba la nariz, las orejas y algunas partes de sus dedos en jarros de vidrio y sus partes nobles las había hecho caber en un sobre. El padre tenía toda la pinta de retrasado mental sin serlo. La gente lo había hecho así. Salía de la choza a gatas, escarbaba raíces y se robaba los pollos de las casas de valle abajo. La gente ya le había cortado una mano cuando era niño, pero aquello no le había impedido seguir robando. Decía que trabajaba con el Diablo y todo mundo salía corriendo cuando veían a aquel hombre entrar a gatas al pueblo.

—¿Que no tienes miedo de que te corten la otra mano? le pregunté. Se rió y me enseñó el traje de Diablo que se había hecho de un mantel y algunas garras robadas. Luego me dijo que si se lo decía al que fuera, se pondría su verdadero traje y bajaría a agarrarme.

—¿Y se lo dijiste a alguien? —preguntó Tiburcio.

—Sí, creo que esa misma noche porque me fui al día siguiente.

—¿Y qué pasó?

—Nada.

—No lo agarraron.

—Ya todos lo sabían desde hacía mucho tiempo pero habían dicho que se habían sentido mal por él y por su esposa. Y además,

¿qué tanto eran unos pollos? Cualquiera que fuera se merecía unos pollos.

El siguiente cuento de Cuca sucedía en otro pueblo donde una mujer se estaba muriendo de parto.

—¡Cuca! —llamó Carmela desde arriba de los escalones—. Ya se fue el médico. Ya puedes subir.

—Ahorita voy, déjame terminar esto primero . . .

—Por favor, el médico dijo que . . .

—Carmela, ya se esperó hasta hoy así que puede esperarse a que termine de contar el cuento.

—¡Date prisa, por favor!

—El bebé nació —dijo Cuca—, y la madre sobrevivió pero la criatura salió hermafrodita.

—¿Qué es eso? —preguntó Smaldino.

—Niño y niña.

—¿Cuates?

—No —dijo Tiburcio, moviendo las manos para describir—. Quiere decir que tenía una parte de mujer . . . y otra de hombre.

—Ah.

Cuca dejó la licuadora y el ponche en la mesa y continuó. El papá se enojó tanto cuando vio a su criatura que le exigió que lo convirtiera en niño. —Cóselo —dijo—. Haz algo, pero hazlo varón.

—Eso no debe hacerse —dijo Smaldino.

—Es cierto —agregó Tiburcio— ¿cómo iba a saber cuál de las dos cosas iba a usar?

—No creo que se pueda saber —dijo Cuca—. Pero el hombre me tenía amagada con un rifle por la espalda y estoy segura de que lo habría usado si no se me hubiera ocurrido algo.

—¡Cuca! —gritó Carmela otra vez—. Creo que mi tío quiere verte.

—Está bien, pues, allá voy.

—Así que, ¿qué hiciste? —preguntó Tiburcio.

—Adivina.

—No sé.

—Yo tampoco. Yo no entiendo más que de pescado y eso a nadie le importa.

Cuca le había dicho al papá que él tenía razón, que era un hijo varón.

—¿Y cómo averiguaste?

—No pude, pero déjame terminar . . . le dije al hombre que escogiera, o cortarle el pene al niño o no hacerle caso a la vagina. ¡No! Nunca podría hacerle eso a mi hijo, dijo.

—Yo tampoco.

—Así que le dije que mejor se esperara hasta que el niño tuviera edad para entender y luego explicarle que algunas gentes nacen con dos cosas y otras con tres.

—¿Tres? —Smaldino tragó fuerte.

—El culo —dijo Tiburcio.

—Ah, pos sí . . .

—Además, le dije, quién se iba a andar fijando en el muchacho. Las únicas personas que sabíamos eran él, su señora y yo, y yo ya me iba de todos modos.

—¿Y qué si quería casarse el muchacho?

—¿Y qué? No era un imposible.

—¿Y qué si salía niña?

—Eso es lo malo de ustedes dos, nunca le ven el lado bueno a las cosas. Imagínense lo suave que podría ser.

—Quién sabe —dijo Tiburcio.

—Sí, mejor me quedo con mis pescados.

—Ahora, voy a ver qué puedo hacerle a Fausto —dijo Cuca pasando a la sala.

—Cuca.

—¿Qué?

—Tu veliz.

—No, no me va a hacer falta.

Fausto aplaudió dos veces cuando ella entró. Tenía cerrados los ojos así que ella sabía que o soñaba o bromeaba.

Carmela estaba de pie a su lado, —¿Puedes hacer algo?

—No vine a curarlo. No puedo más que quedarme a hacerle compañía y estar con él cuando se muera.

—Es cierto —dijo Mario—. Ella no es maga.

—Nomás pensé que . . . , olvídenlo.

—Quédate —dijo Cuca —. Él sabe que estamos aquí.

Tiburcio y Smaldino entraron al cuarto con un pastel volteado de piña y una bolsa de aguacates. Se los había dejado a Fausto la señora Rentería, por si le daba hambre.

—Déjenlo en la cocina —dijo Carmela.

—¿Que le hace que comamos un poco de pastel? —preguntó Smaldino.

—Claro.

—Déjenme un cacho —dijo Mario.

Tiburcio se le quedó mirando un momento a su amigo moribundo y luego le pasó el pastel por debajo de la escuálida nariz.

—Nomás quería que lo oliera, como es su preferido.

—Por qué no tocamos un poco de música; siempre le gustó mucho —sugirió Smaldino.

Se trajo el tocadiscos al cuarto junto con varios discos viejos de setenta y ocho revoluciones que pertenecían a Fausto. Se metieron más sillas a la habitación, y se cortó el pastel. Jess acababa de entrar, era su hora de comer, cuando le dieron diez dólares.

—Trae algo de tomar —le dijo Carmela.

Se limpió las manos en los overoles grasosos y tomó el dinero.

—Yo la apaño, ése —dijo Mario—. Les consigo el doble que él.

—No, tú quédate.

—Nel, trastéame, ésa.

—Mario, ya tenemos bastantes problemas sin que tú nos traigas a la policía.

—¿Nomás esta vez? Me cae que no pasa nada.

—Está bien, pues. Dale el dinero.

Una vez que empezaron a tocar los mariachis, Jess observó la cara pálida de la cama, y luego llamó a Carmela con el codo.

—¿Habrá hecho un testamento?

—¿Para qué?

—La casa, los muebles . . .

—Y el pájaro. Jess, ahorita no.

—Pero, ¿sí lo hizo?

—Anoche estaba escribiendo algo.

—¿Dónde está?

—Allí, sobre el tocador.

Jess desenrolló el pergamino y leyó las palabras moviendo los labios.

—¿Qué dice?

No sé, tiene muchas palabras grandotas.

—¿En español?

114

—No sé, parece lengua extranjera.

—Olvídalo, Jess, no importa en realidad.

Mario regresó con una botella de whiskey bourbon americano, una pinta de vino Strawberry Hill y dos seis de Coors.

—Órale, gente, ¡aquí está!

Tiburcio y Smaldino se dejaron ir sobre la cerveza, Cuca pidió vino y Carmela dijo que tomaría un poquito de bourbon, con hielo. Jess dijo que él se iba a esperar y Mario insistió en compartir con Fausto un poquito de anís.

—Él no puede beber —dijo Carmela.

—Guáchate —dijo Mario y destapó una botella que traía escondida debajo del abrigo—. Todavía no se petatea.

—¡No, Mario!

De nuevo, Fausto le sacudió el índice a su sobrina. Luego, lentamente, sacó la punta de la lengua temblorosa y sedienta entre los labios.

La canción del estéreo terminó y Carmela cruzó el cuarto para voltear el disco.

—Cálmala —dijo Mario—. ¿Oyes eso?

—¿Qué?

—Esa rola, ¿no la oyes?

—Yo no oiga nada —dijo Jess.

—Oye.

Cuca agachó la cabeza y trató de escuchar el sonido que fuera. Carmela enconchó la mano sobre su oreja y los dos bebedores de cerveza dijeron que no oían nada.

—El vato de la flauta es su compa —dijo Mario.

Jess levantó la ventana y exploró la niebla cochina que colgaba sobre el dique y la estación de carga. —Son los rechinidos de esos trenes —dijo.

Nadie habló y después de un rato se apagó el estéreo y lo guardaron.

—Ve y contesta la puerta, —dijo Cuca—. Creo que alguien está afuera.

—¡Pásele! —gritó Carmela por la ventana—. La puerta está abierta.

Tiburcio vació el bote de cerveza. —Tal vez sea mi esposa. Dijo que vendría tan pronto como se le secara el pelo.

—Llégale a otra birria —dijo Mario.

—No. Ya estuvo suave.

—¿Más bourbon, Carmela?

—No, gracias, no me siento muy bien.

—Señora, ¿más vino . . . ?

Cuca guardaba silencio sentada en la cama. Limpió la baba de la boca de Fausto y por largo tiempo escuchó el resuello quebradizo que se escapaba de la garganta churida, se quedó mirando la lívida cara colgada, los flacos dedos encorvados y esperó a que aplaudieran una vez más.

trece

No hubo funeral ni entierro. En vez de eso, Fausto había insistido en que lo llevaran un rato a la playa para poder ver el mar y a las mujeres en bikini. Como última voluntad, Evangelina le había prometido que podría hacer lo que quisiera, siempre y cuando no fuera indecente.

Cuando hubo llenado la mente de bastantes cuerpos como para que le duraran varias vidas, dejó la sombrilla y dijo que quería ir a una librería.

—¿Y qué vas a hacer allí? —preguntó Mario.

—Allá adonde voy, no se venden libros. A lo mejor podré abrir una tiendita.

Fausto compró más libros de los que podía cargar. Diarios, revistas, cajones de libros en rústica, enciclopedias en cinco lenguas, una gramática náhuatl, una serie de clásicos chinos, algunas novelas de un prometedor autor búlgaro, una colección de grabados japoneses, una serie ilustrada *Time-Life* sobre la naturaleza, una antigua cosmogonía de los mundos conocidos y desconocidos, un tratado sobre el futuro de la civilización en el Mar de Cortés, dos ediciones sobre comidas de los indígenas, una antología de mitos aún no inventados y tres cajas de libros en blanco.

—Pero Tío, mira, no tienen nada impreso. Están en blanco. ¿Por qué no llevas algunos libros de allá? Vi unos retebonitos.

—No, quiero éstos.

—¿Para qué?

—Tal vez algunas gentes tengan ganas de escribir sus propios libros. Si voy a poner una tienda, quiero tener de todo.

Fausto se había tambaleado pasillos arriba y pasillos abajo escogiendo por color, tamaño, forma, cubierta y, a veces, hasta por título. En la mesa de ofertas había hurgado con el brazo hasta muy abajo de una pila de libros y había sacado un descuidado índice de la historiografía. Luego, se llevó todo al frente de la tienda.

—¿Y ahora qué? —le preguntó Carmela en la caja.

Las puertas automáticas se abrieron de par en par y Mario, seguido de Marcelino, empujaron adentro una fila de carritos de mercado que habían tomado prestados del A&P de la esquina. Mientras todos apilaban los libros en los carritos, Tiburcio y Smaldino se desviaron para otro mostrador donde calmadamente ojearon un manual ilustrado para hacer el amor.

La señora de Tiburcio les aventó a los dos hombres una guía para catar vinos

—¡Ándenle, oigan, a ayudarnos!

—Déjenlos que miren —dijo Fausto—. No son más que fotos, ¿que no?

—Esas fotos son las que me hacen concebir bebés. ¿Sabes? A veces, me gustaría que estuviera ciego.

—Y, ¿qué iba a prevenir? Si todavía trae esas fotos en la cabeza.

—No me importa que las traiga en los dedos de los pies. Que no las vea.

Cuando estuvieron listos los carritos, Mario empezó a secretearle a la muchacha que estaba detrás del mostrador. Ella le sonreía.

—¿Y éste qué está haciendo? —le preguntó Carmela a su tío.

—Mira.

No había pasado mucho tiempo cuando los piropos de Mario habían transformado a la morenita de cola de caballo en un crisantemo gigante de color rosa. Los pétalos se desdoblaron con gracia de cámara lenta que dejó a todos con la boca abierta.

La señora Rentería fue la primera en acercarse. —Me encantaría cortarla —dijo.

—No creo que a ella le vaya a gustar esta idea —previno Fausto—. Por eso quiere ser flor, ¿ves? Si te la llevas a casa, tú serías la única que la vería.

—La voy a arrancar desde las raíces y a trasplantarla a mi jardín del frente. Lo voy a hacer con mucho cuidado.

—No. Eso sería robártela . . . o secuestrarla.

—Entonces deja que Mario la saque a pasear.

Todos miraron a Mario, que aún traía su barba de chivo pero que ahora llevaba puestos unos pantalones cortos de tenis y una camisa aterciopelada transparente. —Yo no. Ya soy levantador de pesas —dijo Mario—. Yo ya no me robo nada. —Levantó tres cajas de libros y rodó otro carrito lleno hasta la fila de carros estacionados. Cuando entró de nuevo, caminaba abriendo mucho las piernas, como si tuviera almorranas, y la cabeza y el cuello musculoso, gigantesco, parecía crecer desde un pecho que más parecía precipicio montañoso—. Ahora sí que nadie se va a meter conmigo —le dijo a Fausto— ni aquel vato del perro. Órale, ¿por qué no vamos al parque a buscarlo?

—Ahí después, primero vamos a llevarnos todos mis libros —le dijo Fausto.

Durante un rato Mario se anduvo caminando pesadamente alrededor de Tiburcio y Smaldino, flexionando sus músculos y levantando mesas y estantes. Finalmente, levantó a los dos hombres muy alto por el aire . Se les perdió la página del libro que iban mirando pero, si no fuera por eso, casi ni lo habrían notado. La señora Noriega hizo un aspaviento y varios clientes se escondieron tras la vitrina de ciencia ficción.

—No te preocupes —dijo Fausto— no les va a hacer nada. ¡Mario, acaba de sacar los libros!

La señora Rentería acarició a la crisantema. —Fausto, ¿que no te estás robando los libros?

—Señora, yo no soy ladrón. Tan pronto como los venda, le pago a la tienda.

—Entonces compraré mi flor, aquí están cincuenta centavos. ¿Se los dejo en el mostrador?

—¿Sí te das cuenta que te vas a llevar a una persona? ¿Que no ves cómo nos mira? Ella entiende. Además, creo que se va a poner muy triste si la separas de su familia, de su trabajo, tal vez hasta de su enamorado.

—Sí, tienes razón. No lo había pensado.

Afuera, en la banqueta, se había juntado una chusma alrededor de Hércules. Estaba levantando a voluntarios sobre su cabeza.

Detrás de la gente, Cuca y los nietos de la señora Noriega estaban atestando los parquímetros de dieces.

—Tío, no voltees ahora pero creo que la niña-flor está cambiando.

—Mario le robó el público . . . Bueno, ya tenemos todo. Vámonos.

Fausto y sus vecinos se metieron de prisa a los carros.

—¡Todavía no se vayan! —grito la señora de Tiburcio.

—Todavía están en la librería.

Fausto bajó la ventana del Plymouth '47 de Carmela y le gritó a Marcelino, quien ya estaba tirado muy a gusto sobre el techo. —Ve y tráetelos y usa la flauta si es necesario.

El pastor se deslizó por el techo y la cajuela empinada y se metió corriendo a la tienda. Un momento después regresó por entre las puertas automáticas. Bajo cada brazo traía un gran libro ilustrado.

—¿Y qué hago con ellos?

—Dáselos a las señoras.

Les dieron los libros a las mujeres y, agarrando su poncho, Marcelino brincó de nuevo al carro. Por el momento Tiburcio yacía aplastado bajo el peso de un trasero grande y carnoso mientras que Smaldino, quien se había ofrecido como tesoro, placenteramente se perdió en la mente de su esposa.

La procesión fue siguiendo la autopista de Santa Mónica hasta la Vermont, luego serpenteó por el centro de Los Ángeles, pasando por Bullocks, Clifton's, el teatro Million Dollar, sacándole la vuelta a la vieja misión, la Calle Olvera y, finalmente, por la North Broadway sobre el río y las vías, cruzando la Daly y parando en el Cuatro Milpas, restaurante y órdenes para llevar. No se había perdido ningún carro, seguían todos juntos y hambrientos. Esta vez Fausto se quedó en el carro mientras que Carmela y casi todos los grandes se bajaron a traer la comida.

—Tío, ¿tú qué quieres?

—Un número cuatro con una gordita, y tráele una empanada a Tico.

—¿Quieres leche?

—Tráeme una cerveza. Carta Blanca, si hay.

Fausto estaba jugándole el dedo al perico cuando, de repente, Tico-Tico sacó de la bolsa de la camisa del viejo la cabeza peluda, y sin decir agua va salió convertido en un gato siamés adulto. Fausto hizo un aspaviento y se frotó los rasguños del pecho. —¡Tico! Mira lo que has hecho, me rasgaste la bolsa. —Le ordenó al gato que se sentara sobre el asiento y que no molestara—. Si te portas bien, te doy una gordita.

Trajeron la comida en platos de papel cubiertos con papel de aluminio y las bebidas en bolsas de papel. Fausto les dijo a todos que siguieran el carro de Carmela hasta el Elysian Park donde podrían hacer día de campo en mesas al aire libre y los niños tendrían donde jugar. —Ya apúrense o alguien puede convertirme en otra cosa. —Miró a Tiburcio, que parecía que lo habían exprimido de toda su valentía y había regresado a su calidad de esposo. Pero Smaldino no quería ni pensar en cambiar porque su esposa todavía estaba excitada ante las nuevas posibilidades de su maduro amor. Ella lo tenía apretado contra sus senos y, a cada rato, cuando sus hijos no la veían , le echaba un ojo a una nueva página.

En lo que llegaron al parque, la señora Noriega se había encogido hasta hacerse un hilo de cuentas con una diminuta cruz de plata que le salía de la boca. Durante el viaje, el rosario se había resbalado de la hoja de aluminio quedándose entre los frijoles y las enchiladas.

No había nada en el parque más que sus carros. Las calles habían desaparecido, algunos árboles se habían marchitado y otros habían crecido. Las ardillas asomaban la cabeza entre las hojas tiradas en el suelo, un montón de nieve resplandecía debajo de la cresta de un cielo azul-azul. Una paloma colipava escapó de las fauces de una serpiente abalanzándose como halcón y perdiéndose entre los altos pinos. Todo estaba en silencio, luego los sonidos de otros pájaros, de los grillos, de las ranas en los remolinos del río.

Un conejo se movió entre los helechos, una ramita se rompió bajo el peso del tiempo y la pata de un gato montés. El pasto crecía alto y las flores se doblegaban con la brisa para luego rebotar y encresparse hacia el sol. El olor a pino y a salvia se mezclaron con los aromas de la tierra mojada, los brotecitos de cebolla y las fuentes enmarañadas de las fresas.

Fausto, Carmela y los demás se olvidaron de la comida y bajaron a la tierra. Cuando lo hicieron, los carros se sacudieron

121

desde enfrente hasta atrás, cruzaron el arroyo a galope y se metieron entre los árboles. El viejo se sentó en un tronco roto y los miró a todos revolcándose en el pasto. De repente un chapulín verde se le prendió de la nariz.

—Señora —le avisó Fausto suavemente— tenga cuidado con las arañas.

La señora Noriega apenas meneó la barriga y pegó un brincó.

En la distancia Cuca trotaba como zorra, oliendo, hurgando y probando toda planta y yerba útil, de polo a polo, desde helechos árticos y juncos alpinos hasta los musgos de Tierra del Fuego.

Fausto observó por mucho tiempo los cambios que les ocurrían a sus vecinos, las volteretas raras de mentes al vuelo; primero una cigüeña, luego un oso, por un instante un caballo y después un jinete, un momento el aullido de un perro y al siguiente el crujido del viento entre los árboles más altos. Todo era un juego libre y eterno.

Pero él, que estaba sentado arriba de todos ellos, él no cambiaría. Ya estaba demasiado cansado.

—Y no te tomaste tus pastillas —le dijo Evangelina por detrás.

—Seguro que ya es demasiado tarde para eso.

Sin voltearse, Fausto palmeó el espacio a su lado indicándole que se sentara. Evangelina se sentó y el tronco se quebró tirándolos al suelo.

—Cuidado, Eva, que todavía estoy vivo, ¿recuerdas?

—Lo siento.

Se levantó y se sacudió con la mano el trasero de los pantalones. —¿Por qué dijiste que ya era demasiado tarde?

—Se cayeron tus piedritas.

—¿Cómo sucedió?

—Un temblor.

—¿Qué temblor? Yo no sentí nada.

—Estabas muy ocupado con tus libros.

—¿Dónde está Marcelino? Voy a encontrar a Marcelino.

—No vas a poder. Yo le dije que ya se podía regresar a su casa.

—¿Y por qué hiciste eso?

—Es que encontró sus alpacas y quería regresarse a su casa. Me dijo que te dijera adiós. —Evangelina abrió la mano—. Toma, te dejó esto.

—¿Qué es eso?

—Un huevo. Dijo que podría traerte buena suerte. También dijo que podíamos visitarlo cuando quisiéramos.

—Seguro. Nomás me hago como que tengo pulmones nuevos. Debes ver dónde vive, uno tiene que ser cóndor para llegar allí.

—Y, ¿por qué no?

—No. Yo estoy contento aquí. ¿Jamás has visto un lugar como éste? Si es un paraíso.

—Acuéstate y trata de descansar. Podemos jugar cuando te levantes.

—¿Te acuerdas de aquellos mojados que pasé?

Evangelina le puso sus dedos sobre los ojos y le sobó las sienes.

—Sí, sí recuerdo.

—Pues es probable que estén aquí también. Yo les dije que era Tamazunchale, pero eso suena como Thomas and Charlie. A lo mejor debí haberlo llamado de otra forma. Si algún día aprenden inglés van a creer que estaba bromeando.

—No hay nada malo en eso.

—Eva, ¿me puedes sobar la nuca? Me siento tieso . . . sí, ahí está perfecto.

—Tranquilízate y trata de dormir.

—No puedo.

—Entonces haz como que te duermes. Mira el cielo e imagínate que andas en una nube, una linda y suave nube . . . no hay ruido, ni siquiera el sonido de tu corazón, que te moleste.

—¿Eva?

—Sí.

—No te vayas.

—Aquí estoy a tu lado.

—¿Qué tanto tiempo tenemos?

—El que quieras.

—¿Ya se fueron todos? No oigo nada.

—No, todos están aquí.

—No oigo más que la música. ¿Sabes? Creo que Marcelino dejó su música. ¿Quieres bailar?

—Deberías descansar.

—Nomás una . . .

Se levantaron y los dos se deslizaron a lo largo del parque y sobre alta mar. Carmela mandó un adiós con la mano, Mario señaló con el pulgar para arriba y Jess —más vale tarde que nunca— se encaramó al claro y juró que había visto algo en el cielo.

—Un frisbee —dijo Mario.

—No, parecía que andaba alguien allá arriba.

—¿Un platillo volador?

Carmela extendió la mano sobre los ojos, —No le discutas. Capaz que cambia de idea.

—Bueno pues. Viste algo.

—Vente, Mario, vamos a enseñarle lo que podemos hacer —dijo Carmela.

—Espera, creo que le agarró. Oye, ¿Jess . . . ? ¿Ves como sí? Ya se convirtió en televisión.

—Vamos a entrar.

—Bueno.

Carmela jaló a Mario para adentro de la televisión y la niña que había encontrado al muerto pasó brincando y tropezó con el alambre y la desenchufó. La niña les jurgoneó a los botones pero no pasó nada, ni siquiera un sonido.

Después, por la tarde, cuando casi todo mundo se había convertido en sombra, Fausto regresó y enchufó el alambre. —Nomás para que sepan que todavía ando por aquí —dijo, y luego desapareció en una nube para reunirse con su esposa. Sus libros, capa, bordón y chanclas subieron tras él. Tico-Tico se quedó en la tierra hablando con todos.

Casi de lo único que Fausto se arrepintió fue de haberse olvidado de llevar cigarros. Bostezó y miró para abajo una vez más. ¡Qué pendejo! De todas las cosas que se me hubieran podido olvidar . . . Ya he de estarme poniendo viejo. Y eso que tenía dos cajetillas bajo el colchón.

—¿Fausto?

—¿Umm?

—Duérmete.

—Pero sabes que no es perfecto . . . ¿verdad?

—Acuéstate y deja de hablar, siempre hable y hable. Y quítate las chanclas.

Fausto se acostó a un lado de su esposa. Dio de palmadas para quitarse el frío. Cruzó las manos sobre el pecho y se quedó dormido.